잔혹한 선물

잔혹한 선물

초판 1쇄 · 2018년 9월 5일
초판 2쇄 · 2019년 3월 8일
초판 3쇄 · 2021년 8월 30일
초판 4쇄 · 2023년 3월 31일

지은이 · 도명학
펴낸이 · 한봉숙
펴낸곳 · 푸른사상사

주간 · 맹문재 | 편집 · 지순이 | 교정 · 김수란
등록 · 1999년 7월 8일 제2-2876호
주소 · 경기도 파주시 회동길 337-16 푸른사상사
대표전화 · 031) 955-9111(2) | 팩시밀리 · 031) 955-9114
이메일 · prun21c@hanmail.net
홈페이지 · http://www.prun21c.com

ⓒ 도명학, 2018

ISBN 979-11-308-1363-9   03810
값 15,500원

푸른사상 소설선 19

잔혹한 선물

도명학 소설집

푸른사상
PRUNSASANG

수줍은 손을 들어 첫 소설집을 세상에 내놓습니다. 북한을 떠난 지 10년이 넘어서야 겨우 한 권 묶어내는 자신이 민망스럽습니다.

　저는 열다섯 살 나던 해 처음 동시를 발표하고 북한 전역을 대상으로 한 전국 글짓기 경연대회들에 나가 우승을 다투며 작가의 꿈을 꾸기 시작했습니다. 이후 창작을 전공하고 어려운 과정을 거쳐 시인이 되었습니다. 워낙 시에 애착이 커서 희곡 몇 개 끄적거려본 것 말고는 쭉 시만 썼습니다. 소설을 쓰면 더 잘 쓰겠다는 조언도 많았지만 북한 문단 특성상 다른 장르로 이동하는 것이 그리 쉬운 선택만은 아닙니다. 마치 '변절자' 취급을 받는 것 같고 원로 작가, 선배 작가들의 눈치가 곱지 않습니다. 여담이지만 언젠가 "이젠 소설 좀 써볼까." 하고 중얼거렸다가 "시를 팽개치고 소설 쓰면 '김일성상'을 받을 것 같은가. 이거 썼다 저거 썼다 변절하는 놓치고 온전한 놈 없다."는 핀잔을 듣고 포기하고 말았습니다.

탈북 당시에는 남쪽에 가면 표현의 자유를 만끽하며 독자들의 사랑을 듬뿍 받는 시들을 마음껏 써야겠다고 생각했습니다. 그런데 그 소망이 졸지에 무너졌습니다. 남과 북의 시가 너무 달랐습니다. 큼직한 상을 받았다는 시들을 닥치는 대로 읽어봤는데 저는 그런 시들을 쓸 재목이 아니었습니다. 도대체 무슨 말을 써놓았는지 이해할 수 없었습니다. 비약이 심해 행간을 읽어낼 수 없고, 무슨 암호처럼 보이고, 어찌 보면 외국 시를 인터넷 번역기에 붙여넣기해 돌린 것처럼 '엉망'이었습니다. 그런 난해한 시를 이해하는 독자들의 수준이 정말 대단하다는 생각이 들었습니다. 역시 남쪽은 지식사회이고 선진국에 접근했다더니 이렇게 다른 거구나 하며 좌절감을 느꼈습니다. 그런 시를 쓸 만큼 공부해낼 자신도 없거니와 아예 배우기 싫었습니다.

그런데 좀 지나고 보니 남쪽 사람들도 별반 다르지 않았습니다. 교수, 박사 등 고학력자들과 심지어는 문학이 본업인 소설가들까지 "저는 그런 시를 볼 줄 몰라요." 하는 것이었습니다.

결국 시는 북에서도 남에서도 다 같이 환영받지 못한다는 사실에 참담함을 느꼈습니다. 북한 시는 체제 선전에 매몰돼 외면당하고 남쪽 시는 알아먹지 못해 독자들의 발길이 서고를 피해갔습니다. 알기 쉬운 좋은 시들이 없지는 않았습니다. 문제는 그런 시가 상을 받는 경우가 거의 없었습니다.

잔혹한 선물

어쨌거나 제가 시를 쓰자면 상당한 과도기가 필요하다는 것, 이제껏 배우고 익혀온 문학 지식과 창작 기법을 총체적으로 재검토하고 거듭나지 않으면 무엇을 써도 실패를 면치 못하리라 단정 지었습니다. 문학의 영역에도 분단이 빚어낸 비극이 오롯이 드러나 있는 것을 보게 된 것입니다.

글 쓸 의욕을 떨어뜨린 또 하나의 심각한 이유가 있습니다. 탈북 선배들이 써낸 책들이 관심을 못 받고 있었습니다. 목록을 작성해보니 100종이 훨씬 넘었고 계속 늘고 있습니다.

독서량이 왕성한 젊은 세대가 많이 읽어주면 좋겠지만 대다수가 통일에 관심이 적고 북한을 지나치게 낯설어하는 것 같습니다. 북한을 알아볼 수 있는 가치 있는 내용들임에도 몇몇 전문가들이나 북한인권 활동에 관심 있는 사람들을 제외하면 외면받기 일쑤입니다. 이런 환경이 만든 책임이 정치인들에게 있는 것인지, 문화계에 있는 것인지 묻고 싶은 심정이나 묻는 것 자체가 코미디일지 모릅니다.

물론 글을 잘 쓰지 못했거나 마케팅, 보급 능력 등에 따른 변수도 있을 것입니다. 탈북민이 쓴 도서들이 대부분 증언, 자료, 수기 같은 논픽션에 머물다 보니 내 사정이 아닌 남의 이야기로만 읽히는 면이 없지 않을 것입니다. 또 너무 무겁고 슬픈, 때로는 황당해 보이기도 해 읽기에 부담스러운 것은 아닐까 하는 생각도 듭니다.

드물게 시, 소설 같은 장르가 눈에 뜨입니다만 그것도 증언과 고발, 소개에 편중돼 작품성을 논하기엔 다소 무리가 있을 수 있습니다. 대개 저자가 창작을 전문으로 익힌 시인, 소설가가 아닌 점을 감안해야 할 것입니다. 하지만 책들이 북한을 경험하지 못하면 어떤 전문 작가도 그려내기 어려운 진실을 담고 있습니다. 재능이 특출한 남한 작가들이 쓴 '탈북문학' 작품들조차 빛을 발하지 못하는 것을 보면 그렇습니다.

아이러니한 것은 탈북민이 쓴 책이 종종 외국에서는 수십 개국 언어로 번역 출판되며 주목받고 있는 것입니다. 어디서든 주목받으면 되는 것 아니냐고 할 수 있지만 탈북민은 그래도 동족이 더 많이 읽고 함께 울어주기를 원합니다.

돌이켜보면 득 될 것도 없는 고충으로 너무 오랫동안 허송세월했습니다. 단 한 명이 읽더라도 쓴다는 고집이 작가의 마음가짐이어야 하는데 소심하고 게을러 환경 탓만 하며 지냈던 것 같습니다. 한편으론 판매 부수가 작가의 생계와 연관되는 사회인지라 그까짓 작품 써봤자 돈이 되느냐는 식의 '자본주의 사상'에 빨리도 물들었습니다.

제가 용기를 내게 된 것은 2012년 국제펜클럽망명북한작가센터가 태어나면서입니다. 당시 국제펜클럽한국본부 이사장이었던 이길원 시인이 국제펜클럽본부가 위치한 런던까지 수차례 오가며 정말이지 많은 노력 끝에 제78차 국제펜클럽대회를 대한민국 경주에 유치했고 망명북한작가센터의 국제펜클럽 가입 승인에 관한

잔혹한 선물

의제를 테이블에 올리는 데 성공했습니다. 국제펜클럽한국본부 김경식 사무총장을 비롯한 임원들도 신생 망명북한작가센터를 위해 각고의 노력을 기울였습니다. 그리하여 마침내 제78차 국제펜클럽대회는 투표를 거쳐 각국 대표 전원 만장일치로 망명북한작가센터에 세계 144번째 회원국 자격을 부여하였습니다. 북한 문단이 가입 못 한 국제펜클럽 회원국 자격을 탈북 작가들이 대신한 역사적 순간이었습니다.

당황한 북한 당국이 "작가의 벙거지를 쓴 도주자, 인간 쓰레기들을 국제펜클럽이 받아들인 것은 국제펜클럽의 수치"라며 대외 선전 매체를 동원해 맹비난을 쏟아냈습니다. 저는 북한에서 체제 모순과 참혹한 현실을 참다못해 발표가 불가능한 '반동 작품' 원고를 보위부 밀정인 줄도 모르고 친구한테 보여줬다가 3년 가까이 옥살이를 하던 날들이 떠오르며 잠을 이루지 못했습니다. 그때 "이젠 글을 써야겠구나." 하고 다짐했습니다.

명색이 탈북시인이라고 시를 내주겠다는 청탁도 들어왔습니다. 감사한 마음에 수준 미달인 시들을 몇 편 썼습니다.

그러나 본격적인 창작으로는 소설을 쓰기로 마음을 굳혔습니다. 남과 북의 문학작품 장르 중에 소설이 가장 통속적이고 이질감이 적다는 점이 소설을 선택하게 하였습니다. 그렇게 첫 단편이 발표되고 잇달아 여러 문예지들에 내며 공동소설집에도 참여했는데 그 소설들을 묶어낸 것이 이 소설집입니다. 도끼 목수가 옹이 많은 거친 나무로 대충 지은 집과 다를 바 없습니다. 그런 만큼 아직은 습작 과정일 뿐 작품성 평가를 기대하지는 않습니다.

저는 다만 방향만은 옳게 잡았다고 스스로를 자부합니다. 앞으로 가급적이면 리얼리즘 소설 위주로 가고자 합니다. 북한 현실에 생소한 독자에게는 리얼리즘 작품이 공감을 주는 데 가장 효과적인 수단일 수 있다는 판단에서입니다. 내용 면에 있어서는 증언과 고발에 머무는 한계를 극복하고 이념 강조, 정치적 목적, 지엽적인 소개 등에 편중되는 것을 피하며 개성이 독특하고 남과 북, 세계인이 함께 느낄 수 있는 보편적 인간상을 그리는 데 노력하겠습니다.

저는 북한 현실 작품을 쓸 때 화자를 탈북자가 아닌 북한 현지인의 위치에 세우는 것을 선호합니다. 예컨대 북한에 표현의 자유가 있고 체제 선전을 강요하는 문예 정책이 없었다면 내가 어떤 작품을 썼을까를 상상하며 펜을 줍니다. 이런 의미에서 저는 북한 현실을 담은 작품에 대해 통상 일컫는 '탈북문학'과 좀 구별해 '북한 현실문학'이라는 표현을 쓰곤 합니다. 불가항력적인 여건으로 '북한 현실문학'이 남한에서 창작되지만 그것이 북한 독자들이 진짜로 읽고 싶은 작품이 되어 위로가 되고 깨우침이 되고 소망을 주기 바랍니다. 더불어 남한 독자, 외국 독자에게도 납득이 되고 공감되는 '통일문학', '뉴코리아문학'을 지향합니다.

마지막으로 이 자리에 오기까지 많은 응원과 도움을 주신 분들께 머리 숙여 감사의 인사를 드립니다.

소설가 이정 선생님을 비롯한 한국소설가협회 소속 작가님들과 서울대학교 국문과 방민호 교수님, 전 국제펜클럽한국본부 이사장 이길원 시인님, 소설가 이문열 선생님과 부악문원, 등 일일이 다 꼽을 수 없을 만큼 많은 은사들이 그동안 저에게 인맥 불모지인 이 땅에서 스승이 되어주고 우군이 되어주고 힘이 되어주셨습니다.

특별히 이 소설집 출판에 큰 도움을 주신 단국대학교 박덕규 교수님과 바쁘신 와중에도 해설을 써주신 평론가 한원균 교수님과 정성 담아 좋은 책을 만들어준 도서출판 푸른사상사에 깊은 감사를 드립니다.

아울러 생사고락을 함께하며 늘 격려해준 동지들인 탈북문인들에게도 감사를 표합니다.

2018년 8월 서울에서
도명학

재수 없는 날

하는 일마다 안 되는 재수 없는 날이었다. 젠장, 집에나 가야지. 그래 얼른 가서 자고 싶다. 비틀거리는 걸음을 따라 구루마도 이리저리 갈지자를 그렸다. 집에 가자, 집에. 창수는 끝도 없이 중얼거렸지만 몸은 집이 아니라 역전을 향해 갔다.

재수 없는 날

창수는 힘밖에 가진 게 없다. 뭐든 배만 채우면 황소처럼 용을 쓴다. 생김새까지 소를 닮았다. 하체는 짧은데 상체는 요란하게 크다. 그 큰 몸뚱이를 떠메고 다니는 장딴지가 돌처럼 굳다. 실팍한 팔은 소 앞다리 같다. 허리 굽혀 구루마를 끌 때면 엉덩이에 꼬리라도 붙여주고 싶은, 틀림없는 쇠새끼다. 동네에선 힘 쓸 일만 생기면 으레 그를 찾는다. 부려먹은 후 좋은 것을 먹이지 않아도 된다. 아무거나 배만 채워주면 된다. 그저 술만 빼놓지 않으면 된다.

창수 아내는 동네가 제 남편을 쇠새끼로 여긴다고 불만이다. 더러운 것들, 못산다고 업신여겨도 분수가 있지. 내 남편이 부림 소야? 찾을 때마다 바보처럼 기신기신 가니까 그러지. 여자들이 더 나빠. 쌍간나 에미나들, 한번 걸리기만 해봐. 대가리 털을 하얗게 뽑아놓을 테야.

그렇지만 창수는 막무가내다. 외양간에서 끌어내면 달구지 채에 스스로 머리를 들이미는 소처럼 누가 찾기 바쁘게 달려간다. 그래야 그 커다란 배에 사료를 채울 수 있으니까.

그러던 창수가 이웃집 과부 금옥이와 함께 구루마꾼이 된 것이 보름 전부터였다. 힘쓸 일만 생겼다면 얼씨구 또 얻어먹게 됐네, 하고 달려가더니 요즘은 달랐다. 구루마꾼으로 돈을 벌고 있었다.

국경 도시 혜산역은 각지에서 모여드는 보따리장수들로 붐빈다. 열차에서 내린 보따리장수들은 구루마부터 찾는다. 역전 광장에는 손님을 낚는 구루마꾼들의 경쟁이 치열하다. 될수록 짐이 많고 먼 거리를 가는 손님을 잡아야 한다. 운 좋으면 한탕에 하루벌이를 다 할 수 있다. 반대로 장사꾼의 입장에선 구루마가 크고 구루마꾼이 힘깨나 쓰게 보여야 좋아한다.

금옥이 창수에게 구루마를 같이 끌자고 한 것은 이런 사정 때문이었다. 좋은 짐은 늘 여자의 구루마를 비웃으며 피해 갔다. 여자로 태어난 게 죄였다. 그래서 쇠새끼 같은 창수를 부려먹기로 했다. 창수도 구루마 살 돈만 있으면 그 노릇을 하고 싶던 터라 덥석 제안을 받아들였다.

잔혹한 선물

하지만 불평등 조약을 감수해야 했다. 번 돈은 금옥이 7할, 창수는 3할만 가져야 한다. 구루마가 좋고 창수의 힘이 세서 하루 잘 벌면 1킬로그램짜리 강냉이(옥수수)국수 열 사리 정도는 벌 수 있다. 그런데 창수 몫이 3할이면 세 사리 값밖에 안 된다. 여우 같은 년. 세월이 어수선하니 별 같잖은 과부 따위가 자본가 행세를 하네. 아무리 순박한 쇠새끼라도 기분이 좋을 수 없었다. 하지만 그렇게라도 해야 할 절박한 처지라 싫은 대로 응했다. 그야말로 무산계급의 설움이었다.

창수 아내는 펄쩍 뛰었다.

"이런 바보. 그걸 하겠다고? 지금이 어느 땐데 우리 사회주의 제도에 그런 년이 다 있어? 구루마 하나 가진 주제에 누굴 착취하려고 자본가 행세야?"

아내는 당장 찾아가 요절을 낼 기세로 악을 빡빡 썼다. 그러는 아내를 창수는 밤새 장작 패듯 두들겨 팼다.

"에고고! 에고고! 날 죽여라 죽여!"

아내는 매만 실컷 맞고 그 두꺼운 쇠고집을 꺾지 못했다.

금옥은 창수와 함께 구루마를 끌자 확실히 수익이 올라갔다. 자기는 주로 손님만 붙잡았다. 끄는 것은 창수 몫이었다. 금옥은 창수가 힘들든 말든 상관없이 무작정 많은 짐을 붙잡아 왔다. 그저 고삐만 당기면 되는 부림소로 여겼다. 둘이서 수익을 7 대 3으로 나눈다는 것을 알게 된 다른 구루마꾼들은 기가 막혀 금옥을 비난했다. 금옥이 구루마는 7 대 3 구루마'라고 별명이 붙었다. 그래도 구루마 덕분에 배라도 불리고 집에 강냉이국수 한두 사리라도 사들고 들어가게 돼 창수는 피착취 계급의 삶에 길들여지기 시작했다. 금옥이 역시 자기의 노동력 착취를 당연한 이치로 여기기 시작했다. 자기 덕에 창수가 먹고산다고 생각했다. 대학 시절 자본주의 정치경제학에서 이론으로만 배웠던 잉여가치법칙을 실험하고 있는 느낌이었다. 그래. 세상은 달라지고 있는 거야. 뭐 나더러 7 대 3 과부라고? 웃기지들 마라. 금옥은 사회주의가 다시 돌아오지 않을 만큼 멀리 지나간 것만 같았다.

"광철이 아부지이."

날이 밝자 금옥이 딸 순희가 문 두드리는 소리가 들렸다. 창수는 잠에 취해 게슴츠레한 눈을 떴다.

"아침부터 무슨 일이냐?"

"엄마가 오늘 아파서 나가지 못하겠답니다."

"어디가 아프대?"

"모르겠습니다. 그냥 아프답니다."

그냥 아프다니 어제 저녁까진 괜찮았는데. 그럼 오늘 벌이는 어떡하고? 창수는 금옥이 앓는 것보다 하루 벌지 못하게 되는 것이 더 아쉬웠다. 안 되겠다. 가봐야지. 창수는 눈곱이 말라붙은 채로 금옥이네 집으로 갔다.

"아니, 어떻게 아프오?"

금옥이 이불 속에서 얼굴을 내밀어 보였다. 한쪽 눈두덩이 시퍼렇게 멍들어 있었다.

"이거 어쩌다 이렇게 됐소?"

"어제 저녁 백가인지 백정인지 하는 미친 새끼한테 맞았습니다. 내 그냥 두는가 봐라. 같은 구루마쟁이 주제에. 하여튼 내가 얼굴 때문에 돈 못 번 만큼 값 치를 준비해라. 개새끼 같은 게."

금옥이도 돈 못 버는 걱정이 먼저였다. 퍼렇게 멍든 얼굴로 밖에 나갈 수 없으니 야단났다. 낫자면 며칠은 족히 걸릴 것이다.

백가라면 구루마꾼 중에서 제일 성질머리 고약한 인간이다. 다른 사람이 맡아놓은 짐을 가로채는가 하면, 다른 구루마가 실수로 자기 구루마와 부딪쳐도 성깔을 부리는 작자다.

그런 놈에게 어제밤 금옥이가 걸려든 것이다. 금옥이가 강계에서 옥수수를 가져온 장사꾼을 붙잡았는데 짐이 엄청 많았다. 구루마 세 대가 필요한 양이었다. 횡재를 하게 됐다고 쾌재를 부르는 순간 백가의 구루마가 덜컹대며 달려왔다. 백가는 어울리지 않게 아양을 떨며 강계 장사꾼을 반겼다. 백가는 그전부터 강계 장사꾼의 짐을 독차지하는 사이였다. 금옥이 그런 줄 모르고 접근한 것이다. 어쩌다 횡재를 한다 했더니 난데없이 백가가 나타나 옥수수 마대를 씽씽 들어 자기 구루마에 싣는 꼴이 죽이고 싶도록 미웠다.

그나저나 다른 짐을 붙들기도 늦었다. 먹지도 못할 떡을 노리는 사이 역전에 내린 그 많던 짐들이 썰물 빠지듯 어디론가 다 사라졌다.

"아저씨, 혼자만 싣지 말고 좀 나눠 싣읍시다. 이 짐 때문에 다른 짐 다 놓쳤는데 정말 너무합니다."

금옥은 이판사판이 되자 백가에게 간청했다. 그러나 백가는 시커먼 눈알을 부라렸다.

"이거, 말 시키지 마오. 그게 아지미 사정이지 내 사정이오?"

백가는 강계 장사꾼에게 제꺽 한탕 갔다 오겠으니 나머지 짐을 다른 구루마에 싣지 말라고 오금을 박고 달아뺐다.

백가가 사라지자 금옥은 강계 장사꾼에게 매달렸다. 짐을 왜 한 사람한테만 주는가. 장사에선 시간이 돈이라는데 구루마 한 대로 어느 세월에 다 나르겠는가. 여자가 구루마를 끄는 게 불쌍하지 않는가. 오죽하면 남자와 둘이서 구루마 한 대를 끌어 먹겠는가. 구슬리는 말이 청산유수다.

강계 장사꾼 마음이 움직이기 시작했다. 하긴 내가 왜 이렇게 주구장창 기다려야 하나. 생각해보니 슬슬 짜증이 나기 시작한

잔혹한 선물

것이다.

"광철이 아버지, 뭘 합니까. 빨리 실읍시다."

어렵사리 허락을 받은 금옥이 창수를 불렀다. 한쪽 구석에서 구루마를 붙잡고 있던 창수가 얼른 다가왔다.

사달은 그 다음에 터졌다. 짐을 싣고 막 떠났을 때 돌아오는 백가와 마주쳤다. 그사이 자기가 실을 짐 한 구루마 양을 가로채인 것을 알자 길길이 날뛰기 시작했다. 그렇다고 어차피 실은 짐을 돌려줄 수는 없다.

금옥이 백가를 물고 늘어져 시간을 버는 동안 창수는 짐을 끌고 달아뺐다. 화가 꼭뒤까지 치민 백가는 속사포처럼 재잘대는 금옥에게 주먹을 날렸다.

창수와 다시 만났을 때 금옥은 맞았다고 말하기 싫어 아무 일 없었던 듯 딴전을 부렸다. 그런데 그게 아니다. 어젯밤엔 어두워서 몰랐지만 지금 보니 맞아도 야무지게 얻어맞은 얼굴이다. 거 진짜 미친 새끼구나. 남자 새끼가 모자라게 여자를 때려? 툭하면 아내를 두들겨 패는 제 주제를 생각 못 하고 창수는 욕을 퍼부었다.

집에 돌아온 창수는 혼자 1킬로그램짜리 국수 한 사리를 다 먹어치웠다. 요즘은 벌어들인다는 유세로 아내와 아들 둘이 먹는 양의 곱절이나 배에 집어넣는다. 그나저나 금옥이 저렇게 들어박혀 있을 며칠 동안이 걱정이다. 혼자라도 해볼까? 구루마를 그저 세워둘 수야 없지. 그런데 금옥이가 나 혼자 벌어먹으라고 구루마를 내줄까?

창수는 노동신문 종이로 잎담배를 말아 연기를 피워 올렸다. 돈맛을 보기 시작한 머리가 천천히 돌기 시작했다. 생각해보면 7대 3이 너무 억울하다. 저년이 나를 쇠새끼로 아는구나. 저렇게 흑심이 많은 게 왜 지금까지 그 꼴로 살아. 그래도 한때는 연구소에 다녔다는 게 저 꼴이다. 중학교밖에 못 나온 나보다 나은 게 뭐야. 구루마 좋은 거 빼면 뭐가 있나. 계집이 공부하면 입방아만 자동화된다더니. 그러니 저렇게 얻어맞지. 눈깔이 빠지지 않은 게 다행이지. 창수는 생각할수록 점점 상전에 대한 불만이 움찔움찔 치솟았다.

다음 날 아침, 밤새 마음을 도사려 먹은 창수는 금옥이 집으로 갔다.

"아지미, 오늘은 좀 어떻소?"

"어떻긴요. 얼굴이 더 뵈기 싫게 된 게 안 보입니까. 퍼렇던 게 뻘건 색깔이 섞이면서 이렇게 됐어요."

"하하, 아동영화에 나오는 너구리 눈깔이 됐구만."

"이거 보구 웃음이 나옵니까. 어제부터 벌지 못해 신경질 나는데."

"어째 안 그렇겠소. 나두 같소. 근데 거 생달걀루 좀 문질러보지 그러오."

"어제 생달걀로 종일 문질렀는데 계란 색깔이 거멓게 죽었습니다. 생달걀로 문지르면 죽은피를 빨아들인다는 말이 맞는 거 같습니다."

창수는 이 소리 저 소리 하면서도 구루마를 달라는 말을 못해 안절부절못했다. 이제 한 시간 후면 열차가 들어올 시간인데 입이 떨어지지 않아 속상해 죽을 지경이었다.

밤새 창수는 천천히 작동하는 둔한 뇌로 고안해낸 방법이 있다. 금옥을 얼리자. 나 혼자라도 하겠다. 그렇게 벌면 둘이서 5 대 5로 나누자고 해보자. 아무 일도 안 하고 5 대 5면 그 욕심쟁이가 싫다고 안 하겠지. 나 혼자 얼마 벌었는지 알 게 뭐야. 번 돈 먼저 일부 챙겨야지. 그러고서는 확실히 아지미가 없으니 짐 붙들기 어렵더라, 아지미가 빨리 나아야 나도 많이 벌지, 이리 말하면서 돈을 반씩 나누는 거다. 얼굴 문지를 생달걀도 한 알 사다 주면서 말이야. 그나저나 이거야 입이 떨어져야 말이지. 창수는 똥 마려운 놈처럼 안절부절못했다.

그때 불현듯 금옥이 입에서 반가운 소리가 튀어나왔다.

"광철이 아버지, 제 하나 생각한 게 있는데 할 수 있겠습니까?"

"?"

"우리 둘 다 이러고 있을 수는 없지 않습니까. 무슨 대책이 있어야지."

"?"

"사실 어제는 미안해서 말 못 했습니다. 광철이 아버지 혼자라도 구루마 가지구 나가면 안 되겠습니까."

어엉? 이게 무슨 소리야. 창수는 잘못 들었나 싶어 손가락으로 귓구멍을 우볐다.

"나가면 짐 붙잡기 힘들겠지만 그래도 한 푼이라도 벌어야지. 두 집 다 그날 벌어 그날 먹는 처진데, 버는 것만큼 벌어 둘이 나누면 될 게 아닙니까."

하아, 세상에 별일 다 있다. 일이 저절로 되어간다.

"광철이 아버지만 하겠다면 버는 거 상관없이 구루마 빌려준 값인 셈치고 저녁에 강냉이국수 한 사리만 주시오."

뭐 강냉이국수 한 사리? 하아, 고거야 왜 못 해. 5 대 5로 나누자 해도 할 판인데. 먼저 말을 꺼내지 않은 게 다행이었다. 그랬더라면 낭패 볼 뻔했다. 거 봐라, 확실히 여자들은 입이 빨라 화근이야. 창수는 낄낄대고 웃고 싶은 걸 참았다.

역전에 열차가 들어서고 있었다. 구루마에 걸터앉아 햇볕을

쪼이던 구루마꾼들이 일제히 일어나 전투태세에 돌입했다. 손님 쟁취하는 백병전이 벌어질 때가 온 것이다. 창수도 싸움 나가는 소처럼 뿔을 세웠다.

드디어 손님들이 와르르 개찰구로 몰려나왔다. 순식간에 아수라장이 되었다. 서로 부르는 소리, 짐을 챙기라고 고아대는 소리, 여행 증명서가 잘못됐다고 실랑이를 벌이는 소리, 역 안내 방송 소리 따위가 마구 섞여 돌아갔다.

창수는 사람들 틈에 커다란 몸뚱이를 비비적거리며 짐이 많은 손님을 찾았다. 다른 구루마꾼들도 극성을 부렸지만 창수가 제일 많은 짐을 붙잡았다.

창수는 신바람이 났다. 이거 한탕만 해도 하루 벌이 절반은 한 셈이었다. 흥이 저절로 났다. 금옥이 제발 낫지 말고 오래오래 앓아라. 어쨌건 재수 좋은 날이다. 창수는 구루마 채가 부러지도록 잔뜩 싣고 밧줄로 단단히 묶었다. 운반 거리도 4킬로미터 남짓이니 짭짤하게 벌게 됐다.

창수는 개선장군인 양 의기양양해 도로에 들어섰다. 500킬로그램도 넘는 짐을 실은 구루마를 행인들이 쳐다본다. 사람이 아니라 황소다. 힘이 세다고 감탄하는 소리도 들리고 사람보다 구루마가 더 좋다고 빈정대는 소리도 들린다.

돈 받으면 장마당에 들러 점심부터 먹어야지. 술은 적당히 한 병만 마시고 안주는 두부 한 모. 그리고 값싼 강냉이국수 두 그릇을 먹어야지. 이때까지 돈이 아까워 술도 주지 않고 강냉이국수만 먹게 한 금옥이 년이 괘씸했다. 내가 부림소냐? 사료만 먹고 짐만 끌면 된다는 거지? 그러고도 나 몰래 제 년은 월병(중국 빵)을 처먹는 걸 내가 몇 번이나 봤지. 공부한 것들이 돈맛 들면 더 악착하다니까.

창수는 기분이 좋아졌다. 구루마가 제 것이라도 된 것처럼 괜히 으쓱해졌다. 돈 받을 생각에 마음이 급해져 눈을 부릅뜨고 궁둥이를 씰룩대며 잘도 끌고 갔다. 따라가는 손님 모습이 꼭 소몰이꾼 같았다.

절반은 왔다고 생각할 쯤 손님이 쉬고 가자고 했다. 창수는 길바닥에 마구 절퍼덕 앉아 담배를 말아 불을 붙였다. 후우, 길게 연기를 뿜어대며 팔소매로 땀을 쓱 훔치니 기분이 상쾌해졌다.

"손님, 증명서 좀 확인합시다."

완장을 두른 보안원(경찰)이 지나가다 오토바이를 멈추고 다가왔다. 손님이 여행 증명서를 내밀었다.

"자강도 화평이라. 이 짐은 뭡니까?"

"화평이레 깡내(강냉이)밖에 가져올 게 있갔시오? 이거 다 깡냅니다."

"그건 손님 생각이구. 화평 쪽에서 개구리나 산삼 같은 약초가 얼마나 많이 오는데. 싹 다 중국에 넘기고 말이야."

"글쎄, 그런 사람도 있갔디요. 내레 깡내 장사밖엔 모르니끼."

"그럼 이 짐 들춰봐도 제기될 게 없겠소?"

"다 들춰보시라요. 내레 뭐가 있갔시오."

"그렇다? 하여간 따라오시오."

보안원은 증명서를 뒷주머니에 쑤셔 넣고 앞서 걸었다. 손님과 창수는 짐을 끌고 따라갔다. 어쩐지 기분이 더러웠다.

들어선 곳은 시 보안서(경찰서) 마당이었다. 철문을 열고 들어서자 눈앞에 구루마 열 대 정도가 짐을 부리고 있었다. 아마 집중 단속이 시작된 모양이었다. 창수도 시키는 대로 짐을 풀었다. 짐을 모두 부리자 중위 계급장을 단 보안원이 다가와 구루마를 끌고 따라오라고 지시했다.

구루마꾼들은 속이 한 줌만 해졌다. 구루마를 뺏으려는 게 아닌지 걱정이 되었다. 때로 그런 일이 있었다. 구루마꾼이 사회주의 제도의 모습을 흐리게 한다고 단속해놓고는 몰수하여 국가적으로 중요시하는 건설장들에 보냈다. 그 때문에 유일한 생계 수단을 잃고 빌어먹다 죽은 사람들도 있었다.

창수도 그것을 알고 있었다. 머리가 아찔해졌다. 구루마를 빼앗기다니. 그것도 남의 구루마를. 금옥이 발톱을 세우고 덤벼드는 모습이 떠올랐다. 뒷감당을 어떻게 한단 말인가. 생각만 해도 소름이 돋았다.

구루마꾼들은 보안원을 따라 다시 거리로 나왔다. 한참을 가니 역전 보안소(파출소)가 보였다. 보안소 철문이 열리자 구루마꾼들을 뒷마당으로 데려갔다. 순간, 모두 눈앞의 광경에 몸서리를 쳤다. 수십 구의 시신이 한데 쌓여 있었다. 뼈만 앙상한 시체들이었다. 매일 역전에서 굶어 죽어 나가는 시체들을 운송 수단이 없어 처리하지 못해 모아놓은 것이었다. 아, 이제야 알 것 같았다. 구루마꾼들을 시체 운반에 동원하려고 짐 단속을 핑계로 끌고 온 것이었다.

더럽게 재수 없다. 시작은 좋았는데 맛있게 먹던 밥에 재가 뿌려진 격이다. 팔자가 왜 이런가? 어쩌다 하루 짭짤하게 벌게 됐다 했더니 돈이 아니라 시체를 벌었다.

보안원들이 시체를 구루마에 실으라고 호령했다. 그러나 누구도 다가서려 하지 않았다. 그러자 보안원이 으름장을 놓았다.

"구루마를 몽땅 회수해도 좋다면 버텨보라. 너희들 원래 구루마질을 하면 안 된단 걸 모르는가? 구루마를 몽땅 중요 대상 건설장에 보내야 정신 차리겠나? 지금 건설장들에선 청년들이 주먹밥을 먹으며 등짐으로 일하는데 제 살 궁리만 하다니 도대체 양심이 있나?"

딴 건 몰라도 구루마를 뺏기면 안 되지. 협박에 무리 중 한명이 먼저 움직이자 모두 개똥 씹은 인상으로 시체에 다가섰다. 어떤 것은 죽은 지 며칠이 지나 송장 냄새가 코를 찔렀다. 나쁜 새끼들. 지들 집에 석탄 실어갈 차는 있어도 이걸 치울 차가 없어? 굶어 죽은 것만도 억울한데 이게 뭐야. 밤에 직일 근무(당직 근무) 서는 새끼는 귀신이 무섭지도 않은 모양이다. 하긴 죽은 사람 한둘만 봤겠어? 구루마꾼들은 속으로 보안원들을 죽어라 욕했다.

시체에 거적때기를 덮은 구루마들이 줄줄이 보안서 문을 빠져나와 산으로 향했다. 지나가는 사람들이 흘끔흘끔 쳐다봤다. 간혹 어떤 이는 시체 운반 중인 걸 아는지 걸음을 멈추고 자세히 살피기도 했다. 보안원은 시체를 나르는 일이 창피한지 멀리서 자기는 이 구루마들과 상관이 없다는 듯 딴전을 부리며 스적스적 따라왔다.

구루마꾼들이 수군거렸다.

"우리도 언제 이렇게 될지 모르겠지."

"거 재수 없는 소리 그만하오. 어떻게든 살아야지 죽으면 개보다 못해."

"오늘 빈손으로 들어가면 녀편네가 지랄할 기다. 없는 세월에 애기는 왜 낳아가지고, 정신 빠진 년."

"인마, 니 탓은 없니? 잘 먹지도 못하는 주제에 야간 작업 적당히 할 게지."

누군가 시끄럽다는 듯 소리쳤다.

"모두 좀 조용하기요. 죽는 게 바보지. 장사하든 도둑질하든 목숨이 살아야 사회주의를 지키지."

힐끗 돌아보니 아까 제일 먼저 시체에 손을 대던 작자였다. 늙은 구루마꾼이 그 작자의 말에 퉁을 놓았다.

"뭐 사회주의? 사회주의를 니 지키니? 그만 웃겨라. 니 구루마나 잘 지켜라."

옆에서 고소하다는 듯 킬킬댔다.

"흐흐. 아바이 말이 명언이오. 저 웃기는 새끼, 여기 죽은 사람들이 들으면 조선 혁명 너 혼자 다 하는 줄 알겠다."

그래. 구루마라도 뺏기지 않은 게 어디야? 창수는 수군거리는 소리를 들으며 말없이 걸었다.

일행은 산중턱에 대충 구덩이를 파고 시신들을 묻었다. 보안원이 그만하면 됐으니 돌아가자고 했다. 봉분도 없는 묘지 아닌 묘, 그것도 한두 구덩이에 여러 시신을 마구 처박았다.

일행은 침통한 표정으로 아무 말 없었다. 각자 제 운명을 생각하고 있었다. 창수는 코에서 송장 냄새가 계속 나는 것 같아 쿵쿵 코를 풀고 목이 칼칼하도록 침을 자주 뱉었다.

배가 꼬르륵 소리를 냈다. 배 안에서 반란이 일어났다. 아침을 먹은 후엔 아무것도 못 먹었다. 어느덧 저녁 해가 뉘엿뉘엿 기울고 있는데 야단났다. 구루마를 살린 것은 다행이지만 빈손에 돌아갈 일이 아찔했다. 아내 따윈 윽박지르면 되겠지만 금옥이가 두려웠다.

보안원이 구루마꾼들을 시 보안서까지 데려갔다. 창수는 아직도 짐 임자가 거기 있을 리 없지만 그냥 있다면 얼마나 좋을까 하는 막연한 생각이 떠오르자 쓴웃음이 나왔다. 보안서 마당에 들어가자 잠시 기다리란다. 구루마꾼들은 담배 연기를 피워 올렸다. 왜 보내지 않고 잡아두는지 괜히 불안했다.

이때 한 여자가 울상이 되어 지나쳤다. 낯익은 얼굴이었다. 장마당에서 고급 담배를 파는 여자다. 그를 알아본 구루마꾼들이 "아지미" 하고 불렀지만 힐끗 쳐다보고는 울 것 같은 얼굴로 횅하니 정문을 빠져나갔다.

조금 후 보안원이 종이 박스 하나를 들고 나타났다. 박스에서 고급 담배를 꺼내더니 한 사람 앞에 세 갑씩 주기 시작했다. 구루마꾼들이 웬 떡이냐 하는 눈길로 받아 쥐었다. 먼저 받은 작자들은 담배를 코에 대고 흠흠 냄새를 맡아 보았다.

"모두 수고했소. 보안서가 구루마꾼을 단속하는 게 맞지만 죽은 사람 주무르는 일을 했는데 어쩌겠소, 나도 사람인데. 나눠준 담배를 피우겠으면 피우고 팔겠으면 파시오. 그리고 앞으론 구루마꾼을 그만두고 직장에 나가시오. 누구나 동무들처럼 행동하면 누가 사회주의를 지키겠소. 자, 모두 담배가 보이지 않게 집어넣고 조용히 한 사람씩 나가시오."

구루마꾼들은 뒤에서 다시 들어오라는 소리라도 들릴까 봐 목을 움츠린 채 덜컹거리는 구루마를 끌고 정문을 나왔다. 후유, 지옥에서 나온 것 같았다.

구루마꾼들은 보안서 주변을 벗어나자 약속이나 한 듯 구루마를 둘러 세우고 걸터앉아 투덜거렸다.

"에이, 재수 없는 새끼들. 소리 없는 총이 있으면 콱 쏴버렸으면 좋겠다."

"뭐? 내일부터 직장 나가라고? 병신 같은 새끼. 직장 나가면 돈 주나 쌀 주나?"

"그러게 말이야. 미친 새끼들, 우리 절로 벌어먹겠다는데 무슨 상관이야."

"그나저나 장마당에 가서 이 담배 팔아야겠다. 우리 처지에 비싼 담배 피면 입술이 부르튼다."

"근데 이 담배는 아까 울상 짓고 나가던 그 여자한테 뺏은 것 같아. 우릴 주자고 장마당에 나가 단속해 잡아 왔겠지. 좆같은 새

잔혹한 선물

끼들, 주겠으면 제 주머닐 털어 줄 게지."

"어어, 그 새끼들이 뭐가 안타까워서. 해가 서쪽에 뜰 소리지. 보안원 자리가 좋긴 좋다."

"좋으면 너두 좀 돼봐라."

"인마, 출신 성분이 나쁜데 어떻게 되니? 우리 할아버지가 월남자란 말야. 헤헤헤."

창수는 무리가 주절대는 소리를 멍하니 듣다가 먼저 몸을 일으켰다. 뱃속이 계속 난동을 부린다. 얼른 장마당부터 가야지. 구루마가 덜컹대는 소리와 뱃속의 우레 소리가 뒤섞여 분간이 안 되었다. 우선은 뭘 먹어야 쟤네 말마따나 사회주의든 구루마든 지키지.

장마당에 이르자 담배 장사꾼에게 세 갑을 도매 가격에 넘겼다. 비싼 담배라서 창수네 세 식구가 하루 살아갈 돈은 되었다. 이제 급한 것은 제 배부터 달래는 일이다. 창수는 화로에 불을 피워 두부를 팔팔 끓이는 음식 장사 구역에 들어섰다. 음식 냄새에 창자가 뒤집혔다. 어디 앉을지를 가릴 경황도 없었다. 맨 처음 맞다든 음식 장수 앞에 무작정 앉았다. 그 찰나, 찌끈! 소리가 나며 나무 의자가 찌그러졌다. 원래 든든치 못한 의자에다 쇠새끼만 한 몸통이 내리찧듯 짓누르니 견디지 못했다. 음식 장수 아줌마가 기겁을 했다.

"어저쩌!"

불에 덴 소처럼 놀란 창수가 황겁히 벌떡 일어섰다. 오늘은 하는 일마다 개판이었다.

"아아, 괜찮습니다. 그러지 않아도 버리자던 물건입니다. 이젠 너무 고쳐서 못 씁니다. 그냥 앉아서 식사하세요."

아줌마의 표정이 금세 바뀌며 찾아온 손님 떠날세라 붙들었다.

"뭐 잡수시겠습니까. 두부? 고추장국에 팔팔 끓여달랍니까? 양념두 지내 맛있습니다. 한번 잡숴보십쇼. 네네. 그렇게 해달랍니까?"

아줌마가 서글서글했다. 척 보기에 장사하게 생겨먹었다. 제꺽 상황을 수습하는 걸 보니 손님을 다루는 솜씨가 보통이 아니었다.

창수는 두부가 끓을 동안 앞에 놓인 김치를 집어 입에 넣고 술을 청했다. 우선 배 안에서 반항하는 것들에 알코올 세례를 퍼부어야지. 두부가 끓기까지 언제 기다려, 당장 급해 죽겠는데.

창수는 반 병짜리 컵에 술을 쿨럭쿨럭 부어 목구멍에 쏟아 넣었다. 그러고는 김치를 덥석 물어 풀 씹는 소처럼 써걱써걱 소리를 냈다.

두부가 다 끓자 또 한 병을 들이켰다. 눈앞이 빙글빙글 돌기 시작했다. 온종일 빈속으로 일만 한 데다 단번에 술을 두 병씩이나 들이부으니 정신이 금방 해롱해롱해졌다.

"에라, 취했다. 안 되겠다. 이제 깡내국시나 먹구 가야지."

창수는 강냉이국수 파는 쪽으로 휘청휘청 걸어갔다. 호주머니에서 담배 판 돈 한쪽 귀퉁이가 빠끔히 내민 줄도 몰랐다.

국수 두 그릇이 코로 들어가는지 입에 들어가는지 모르고 먹어치운 후에야 창수는 돈이 없어진 줄 알았다. 어느 꽃제비가 해치운 게 분명했다.

국수 장수가 난리를 쳤다. 돈이 없으면 곱게 빌어먹을 노릇이지, 덩치 커다란 게 애도 아니고 무슨 지랄이야! 악을 빡빡 썼다. 주변에서 구경거리가 생겼네 하고 쳐다보았다. 누가 전했는지 국수 장수의 동생인지 조카인지 하는 녀석까지 달려와 주먹질을 해댔다. 창수는 국수 값으로 윗저고리를 벗긴 채 컴컴한 거리로 구루마를 끌고 나왔다. 하는 일마다 안 되는 재수 없는 날이었다.

젠장, 집에나 가야지. 그래 얼른 가서 자고 싶다. 비틀거리는 걸음을 따라 구루마도 이리저리 갈지자를 그렸다. 집에 가자, 집에. 창수는 끝도 없이 중얼거렸지만 몸은 집이 아니라 역전을 향해 갔다. 취중에도 금옥이가 두려웠다. 술까지 마시고도 한 푼도 없이 나타나면 혼자 다 해 처먹고 거짓말한다고 야단칠 것이고.

그러면 내일부터는 구루마를 내주지 않을 것이다.

아니야, 밤에 들어오는 열차를 기다려야 해, 그래서 한탕이라도 벌고 가야지, 아무렴, 그래야 하구 말구.

역전 광장 한쪽 구석에 이르자 창수는 구루마 위에 드러누웠다. 북방의 봄밤은 쌀쌀했다. 속옷 바람이지만 술기운이 달아올라 추운 줄도 몰랐다.

이제 한 시간만 있으면 열차가 도착할 시간이었다.

"그래 기차만 들어와라. 몽땅 내 거다, 내 거!"

객기를 부리는 소리에 지나가던 사람들이 흠칫 놀라 돌아보았다. 그러거나 말거나 창수는 노래를 불렀다.

우리 당이 제일이요 사회주의 제일일세.

붉은 기 높이 들고 사회주의 지키세.

끝도 없이 같은 곡조를 반복해 주절대는 노랫소리가 잠잠해졌을 즈음 기적 소리가 요란하게 울렸다. 그러나 창수는 그 소리를 듣지 못했다. 술 취한 쇠새끼가 덜덜 떨며 깨어났을 땐 몸이 구루마 위가 아닌 콘크리트 바닥이었다. 누군가가 구루마를 훔쳐간 뒤였다. 하늘에선 새벽별이 깜빡이고 창수는 얼음판에 자빠진 소처럼 휑한 눈을 껌뻑거렸다.

잔혹한 선물

생일

당국은 체제 수호와 관련된 사건에 대해선 크고 작고를 떠나 심중하게 취급했다. 그렇다고 범인을 감방

에서 '호강'시킬 수도 없는 노릇이었다. 어떤 방식으로든 고통을 주지 않으면 입을 열기 어려웠다. 하지

만 적정 수준이 아니면 죽을 수 있기 때문에 물리적 고문보다 극도의 심리적 고통을 주었다.

생일

박 영감이 아들과 함께 감방에 압송돼 오자 계호원(간수)들은 우선 매라는 것이 달달한 건지 쓴 건지 맛보인다며 무작정 주먹질, 발길질을 해댔다. 박 영감은 죽기 살기로 맞섰다.

"야, 이놈들아, 말로 하자, 말로. 꼭 뒤에 피도 안 마른 조고만 놈들이. 내가 뭘 잘못했냐? 보위부가 이따위로 일해? 당장 니들 정치부장 데려와!"

겁 없는 하룻강아지마냥 꽥꽥 소리를 질러댔다.

"어라! 이 늙다리가 살기 싫어졌나?"

계호 책임자 김 대위가 머리를 틀어박고 악을 쓰는 박 영감 뒷덜미를 잡아 쳐들었다.

"야, 보위부가 잠자는 줄 알아? 인마, 너들 압록강 건너서 어딜 간다며?"

"가긴 어딜 가! 수도가 안 나와 물 길러 나갔다, 왜?"

"뭐, 물 길러 나갔다? 이게 어디서 반말질이야?"

짝! 김 대위가 손바닥을 펼쳐 면상을 후렸다. 코피가 터지고 눈물이 왈칵 쏟아졌다.

"다시 말해. 뭐 물 길러 갔다?"

"정말이오. 그래서 물통이랑 들고 갔소."

"이 새끼, 그냥 반말이야."

뒤에 섰던 최 중위의 군홧발이 잔등을 내리찍었다. 윽! 박 영 감은 숨이 막혀 입이 딱 벌어졌다. 눈동자도 허공을 향해 파르르 떨었다. 이번엔 윤 소위가 가슴을 걷어찼다. 박 영감이 뒤로 벌렁 넘어졌다.

"아버지!"

박 영감 아들이 기겁해 소리쳤다.

"아야, 이 생쥐 같은 새끼. 뭐? 아버지?"

이번에는 아들이 발길질에 걸레 조각이 됐다.

"이 새끼들아, 일어나 무릎 꿇어. 이 안에서 무슨 애비고 아들 이야. 여기 들어온 순간부터 공화국 공민권 박탈이야. 공민권 박 탈이면 사람이 아니야. 들었나?"

김 대위가 붉으락푸르락 독기를 풍겼다.

"예, 보위원 동지."

박 영감 입에서 황겁히 경어가 튀어나왔다. 하지만 또 군홧발이 가슴팍에 날아들었다.

"뭐? 보위원 동지? 얻다 대고 동지야. 너 같은 반동 새끼가 어떻게 동지야?"

"몰라서 그랬습니다. 잘못했습니다."

다급한 나머지 아들이 먼저 대답했다.

"인마, 누가 너더러 대답하래? 이거 안 되겠구나. 너 이제부터 고생 좀 해야겠다. 똑바로 안 하면 이 안에서 죽을 줄 알아, 새끼들아. 여기서 죽으면 귀신도 몰라. 여긴 도둑놈들 가두는 보안서가 아냐. 보위부야, 국가안전보위부! 우리 제도를 버려? 이 반역자 새끼들."

김 대위는 턱을 슬슬 만지며 한풀 죽어 시래기가 된 박 영감 부자를 굽어보았다.

"자, 이쯤 하면 초절임은 좀 된 거 같아. 이 물건들을 2호 감방에 넣소."

윤 소위가 벽에 걸린 감방 열쇠를 벗겨 들었다.

"일어섯!"

박 영감 부자가 엉거주춤 일어났다.

"대가리 숙여! 이 새끼들이 낯짝을 어디다 쳐들어?"

이번에는 감히 얼굴을 마주 봤다고 싸대기를 맞았다. 좁고 컴컴하고 곰팡이 냄새 나는 복도로 들어가자 감방 문들이 보였다. '2호'라고 쓴 문 앞에 멈췄다. 이번엔 문을 열 때 옆에서 무릎 꿇어야 한다는 걸 몰라 발길질을 당했다. 이래저래 구실이 없어 못 때리는 판이었다. "밖에서 한자리 해먹던 자들의 자존심은 첫 순간에 짓밟아버려라. 그래야 계호원을 우습게 못 본다. 병신이 안 될 만큼 두들겨 패라. 정신을 못 차리게 해라." 김 대위가 부하들에게 하는 훈시가 이랬다. 끼이익 문이 열리며 녹슨 돌쩌귀 소리가 귀청을 쨌다.

"냉큼 들어가!"

문은 유치원 꼬마들이 들어갈 만큼이나 작았다. 개처럼 기어들어가는 걸 꾸물거린다고 또 엉덩이를 발로 찼다.

감방 바닥에 누더기 뭉텅이 몇 개가 보였다. 정전이 되어 켜놓은 촛불이 가물거렸다. 정면 철창 너머에 권총을 찬 계호원이 서 있었다.

"어이, 늙은 새낀 이쪽, 젊은 새낀 저쪽 끝에 앉으라."

갈라 앉히는 건 서로 대화를 나누지 못하게 하려는 의도다. 자리에 앉자 바닥에서 누더기 뭉텅이들이 일시에 불쑥 솟아오르고 그 위에 촛불빛에 번들거리는 문어 대가리들이 주렁주렁 열렸다. 누더기 뭉텅이가 아니라 머리털을 빡빡 깎은 죄수들이었다.

잔혹한 선물

죄수들은 뒤에서 문 여는 소리가 나면 일제히 머리를 바닥에 박고 엎드려야 했다. 꾸물거렸다간 경을 쳤다. 너무 어두워서 그 모양이 누더기 뭉텅이처럼 보였던 것이다.

뱁새눈의 계호원이 능글능글한 웃음을 띠고 사냥감이라도 찾은 듯 노려봤다.

"어이, 좆 빨개."

좆 빨개? 누굴 부르는 소리야. 박 영감이 좌우를 두리번거렸다

"너 말이야, 새로 들어온 새끼."

"예? 예."

박 영감을 찾는 소리였다. 좆 빨개가 새로 들어온 죄수를 비하해 부르는 말인 줄 박 영감이 알 리 없었다.

"야아, 이 새낀 말까지 가르쳐야겠구나. 좆 빨개도 몰라?"

"……."

뱁새눈이 고개를 주억거리며 철창에 다가섰다.

"너 같은 신짜들을 부르는 말이야."

신짜는 또 뭐고? 점점 생소한 말이 나왔다. 박 영감이 눈만 멀뚱거렸다.

"그것도 모르니? 야아, 넌 아는 게 너무 없구나. 새로 들어온 범죄자, 신짜, 알 만해?"

"……."

"왜 대답이 없어? 알겠나?"

"알 것 같습니다."

"짜식. 알 것 같다가 뭐야. 늙어서 센스가 없나? 그럼 또 하나 묻자. 여기가 어디지?"

"구류장입니다."

"구류장? 하아, 구류장이라……."

뱁새눈이 히물히물 웃었다.

"여긴 대학이야. 너 같은 놈들 가르치는 곳이란 말이야."

20년쯤 아래뻘 될 녀석이 어른을 갖고 장난쳤다. 대학이라니? 별 해괴한 녀석이 뚱딴지 같은 소리를 해댔다.

"그러니까 나를 어떻게 불러야 하지?"

"선생님이라고 불러야 합니다."

"아쭈, 제법인걸. 맞아. 난 선생님이시다. 넌 범죄자고. 잘 들어! 이제부터 네 더러운 몸뚱이에서 이름을 회수한다."

녀석이 재미있다는 듯 손바닥을 마주 비비며 주절거렸다.

"너흰 짐승보다 못해. 짐승에게도 이름이야 있지. 우리 집 개도 이름이 있어. 바둑이야. 넌 오늘부터 수인번호 10번이라는 물건이다. 젊은 새낀 11번. 알갔나?"

박 영감 부자는 이렇게 감옥 생활을 시작했다. 그나마 겨울이

잔혹한 선물

라서 아들의 얼굴을 볼 수 있는 것이 다행이었다. 감방엔 여덟 명의 수감자가 서로 등을 마주하고 앉았다. 원래 정치범은 독방에 넣게 되어 있었다. 하지만 연료난으로 난방 보장이 힘들어 겨울은 두 칸만 사용했다. 한 칸은 남자, 다른 한 칸은 여자들을 넣었다.

박 영감은 기계 공장 지배인을 하다 반 년 전 연로보장(정년퇴직)을 받았다. 5천 명 종업원을 거느렸던 기상이 그대로 남아 있고 사람마다 여전히 "지배인 동지!"로 불러주는데 졸지에 정치범 신세가 된 것이었다. 그는 6·25전쟁 때 국군에 끌려가 피살된 줄 알았던 형이 남조선에 시퍼렇게 살아 있다는 소식을 듣게 되었다. 북조선을 제집 드나들듯 하는 재중조선인 장사꾼이 소식을 갖고 왔었다. 놀랍고 반가웠지만 믿겨지지 않았다. 혹시 남쪽 국정원 마수에 걸려드는 건 아닌지 의심도 했다. 하지만 형이 보냈다는 옛날 가족사진을 확인하곤 할 말을 잃었다. 형이 남쪽에서 큰 부자가 되어 살고 있는 줄도 모르고 피살자 가족으로 분류돼 평생 간부 노릇을 잘 해먹었다. 나라에서 알았더라면 간부는 고사하고 당원도 되지 못했을 것이다.

형은 남쪽에 와 함께 살자고 했다. 처음에는 망설였다. 하지만 형이 살아 있다는 사실이 언제 알려질지 모를 일이었다. 박 영감은 간부 노릇만 해먹다 정년을 맞았기 때문에 더 출세할 일도 없었지만 자식들 장래가 걱정이었다. 언제 무슨 벼락이 떨어질지 모를 처지에서 그냥 살 수는 없었다. 마침내 형과 연결된 브로커가 찾아왔다. 그는 만약을 생각해 아내와 딸을 먼저 압록강을 건너 보냈다.

그러나 다음 날, 박 영감과 아들이 압록강에 들어서자마자 보위부원들에게 잡히고 말았다. 형 소식을 가지고 왔던 재중조선인 장사꾼과 탈북 브로커가 사례금 때문에 다툰 것이 화근이었다. 신고를 받은 보위부원들이 압록강 도강 지점을 알고 미리 그물을 쳤던 것이다.

"아으, 춥다. 무슨 날씨가 이래."

감시실에 들어서는 계호원 최 중위의 눈썹에 성에가 하얗다.

"오늘이 소한이잖소. 거기다 올겨울은 유별나게 춥거든."

페치카에 엉덩이를 지지던 계호 책임자 김 대위가 자리를 비켜줬다.

"이러다 저 안에 놈들이 얼어 죽는단 소리가 나겠습니다."

"그러잖아도 10번 저 늙다리 새끼 귀가 얼었다나."

"그래요? 자리까지 바꿔 앉혔는데도? 거 참 골치 아픈 새끼군."

"그쪽이 엉덩이는 덜 차갑겠지만 벽에서 냉기가 풍겨 그럴 거요. 하여간 늙은 게 그냥 조용히 살다 뒈질 게지. 죄는 왜 짓고.”

별안간 근무 중인 윤 소위가 감방 감시용 모니터에 대고 소리쳤다.

“야! 10번 새끼.”

“예엣!”

비명 소리 같은 대답이 확성기를 울렸다.

“이 늙다리야, 너 이자 무슨 짓 했어?”

“귀가 언 게 너무 쓰려 만졌습니다. 잘못했습니다.”

“요 늙은 너구리 같은 게. 냉큼 일어서! 저 변기 옆에 가 양말 벗고 맨발로 서라.”

“선생님, 잘못했습니다. 한 번만 용서해주십시오. 다시 안 그러겠습니다.”

“야, 잔말 말고 좋게 말할 때 들어라. 귀때기 언 게 쓰리다며? 귀때기 쓰린 줄 못 느끼게 해줄게.”

모니터에 박 영감이 엉거주춤 변기 쪽으로 가는 것이 보였다. 변기 주변 콘크리트 바닥은 얼음처럼 찼다. 맨발로 서면 발이 얼기 십상이었다. 뼈만 남은 박 영감 낯빛이 아주 죽을 맛이었다. 김 대위도 재미있다는 듯 코딱지를 뜯으며 모니터를 들여다봤다. 하지만 약간 걱정되기도 했다. 정치범은 신중하게 관리해야 했다. 어차피 죽이거나 수용소에 보낼 대상이지만 취급 중에 죽게 되면 사건 배후와 연루자들을 파낼 수 없다. 그것은 체제 위협 세력을 내부에 묻어놓는 격이었다. 이런 사정으로 가끔 수감자가 죽으면 계호원들이 곤욕을 치렀다. 비판도 시끄럽지만 승급이 늦어지거나 보위부 정치대학 추천에 지장을 받았다. 그만큼 당국은 체제 수호와 관련된 사건에 대해선 크고 작고를 떠나 심중하게 취급했다. 그렇다고 범인을 감방에서 '호강'시킬 수도 없는 노릇이었다. 어떤 방식으로든 고통을 주지 않으면 입을 열기 어려웠다. 하지만 적정 수준이 아니면 죽을 수 있기 때문에 물리적 고문보다 극도의 심리적 고통을 주었다.

"그나저나 그깟 저열탄도 거의 다 떨어져가는데 야단이야. 날은 이렇게 추운데 온다던 석탄은 어느 귀신이 가로챘는지. 제기랄, 보위부까지 이 꼴이니……."

김 대위가 걱정스럽게 말했다.

"그러게 말입니다. 아참, 그래도 어제 보니까 처장 동지 방엔 마른 참나무 장작만 때던데요. 그것도 유엔에서 지원된 고급 난로에다가."

"아, 유엔 난로? 그건 정치부장이 애육원에서 몇 개 가져온 모양이야. 고아들 때문에 유엔에서 지원했다던데, 연소도 잘되게 만들어 연기가 별로 없고 꽤 쓸 만한 물건이래. 하여튼 솜씨들이 사냥개나 한가지야. 어느새 그걸 냄새 맡고 빼오다니."

잔혹한 선물

김 대위는 세상 돌아가는 꼴이 더럽다는 듯 페치카 아궁이에 침을 퉤 뱉었다.

"책임자 동지, 위에다 좀 배짱 내밀고 제기해보십쇼. 계호가 멍청하게 보이니까 저 잘난 저열탄도 겨우 차례지는 겁니다."

윤 소위가 투덜댔다.

"뭐야? 지금 내가 멍청하단 소리야? 사정 모르면 범인 관리나 잘 해. 걸핏하면 말썽 나게 하지 말고."

김 대위는 부임된 지 몇 달도 안 된 어린놈이 책임자를 함부로 대하는 것 같아 쏘아붙였다.

최 중위는 둘이 노는 꼴을 보며 씩 웃었다.

"아아, 별거 다 갖고 그럽니다. 뭐 얼어 죽기야 하겠습니까. 죽으면 저 안의 반동 새끼들부터 죽겠지."

그는 여송연을 꺼내 한 대씩 돌렸다.

"자, 추울 땐 한 대씩 입에다 불이나 지핍시다."

"최 동문 요즘 고급 담배만 피더라."

김 대위가 반색을 지었다.

"형이 외무성으로 자릴 옮겼다더니 뭐가 좀 다르다. 요즘 세월에야 그런 자리가 최고지. 달러도 좀 만지고, 안 그래?"

"뭘요, 이깟 담배쯤이야."

최 중위는 혀끝으로 딱딱 소리를 내며 연기 가락지를 동그랗

게 만들어 내보냈다. 벽시계가 근무 교대 시간을 가리켰다.

"시간이 됐군. 자, 이젠 교대하지."

최 중위는 윤 소위로부터 권총집이 매달린 군관 벨트를 인계받아 허리에 둘렀다.

"그럼 오후 근무 때 또 봅시다."

윤 소위와 함께 김 대위도 나가자 최 중위는 홀로 감시 모니터에 다가앉았다. 모니터엔 돌부처마냥 꼼짝 않는 죄수들의 일거수일투족이 선명하게 보였다. 변기 옆 콘크리트 바닥에 맨발로 벌을 선 박 영감이 발이 시려 발가락을 오므린 것이 보였다. 에라, 두 시간 동안 심심풀이나 좀 할까. 최 중위는 마이크에 입을 가져갔다.

"야, 10번. 넌 거기 왜 서 있니?"

"옛! 잘못했습니다. 고치겠습니다."

"인마, 거기 왜 섰는가 묻는데 무슨 허튼 소리야?"

"제멋대로 귀를 만져 벌서고 있습니다."

"오, 그래? 승인받고 만져야지. 너 온종일 그렇게 서 있어라."

"다신 안 그러겠습니다. 꼭 고치겠습니다."

"진짜 고칠 수 있어?"

"예. 꼭 고치겠습니다. 이젠 사소한 것까지 다 승인받겠습니다."

잔혹한 선물

"인마, 이때까진 그걸 몰랐어? 너 이 순간도 승인받지 않고 움직이잖아."

"……?"

"모르겠어? 야, 지금 발가락 옴지락거리고 있잖아."

"선생님, 발이 얼어터지는 것 같아 저도 모르게……. 또 잘못했습니다. 고치겠습니다."

"이 새끼, 날 놀리나? 고치지 말라. 안 고쳐도 돼. 너 같은 반동 새끼들이 고쳐? 죽어서 고치란 말이야. 대가리가 그렇게 병들었으니까 진술도 제대로 할 턱이 없지."

"진짜 고치겠습니다. 발 시리고 다리에 쥐가 올라 모, 못 견디겠습니다."

"안 고쳐도 된다니까 그래."

최 중위는 이죽거리는 것에 흥이 났다. 저런 게 정치범이라니. 사람 냄새라곤 조금도 나지 않는 고깃덩어리가 아닌가. 그런데 저따위 것들이 남조선에 도망갈 궁린 어떻게 했을까. 남조선에선 저런 것들을 어데 쓰겠다고 받아주는지. 그래도 나쯤은 돼야 정보 가치가 있을 텐데. 남쪽엔 정신이 이상한 놈들만 정치하는 모양이야. 최 중위는 세상 이치가 판단이 안 되는지 눈을 데굴데굴 굴렸다.

갑자기 모니터가 확 꺼졌다. 또 정전이다. 젠장, 또 냄새나는

저 안에 들어가야 되나. 슬슬 시동이 걸리기 시작한 흥이 깨져버렸다. 정전만 되면 감시 카메라가 작동을 멈췄다. 이럴 땐 할 수 없이 계호원이 감방 복도에 들어가서 직접 철창 안을 들여다봐야 했다. 감방 안은 고약한 냄새가 배어 있었다. 수돗물이 잘 나오지 않아 변기에 물을 충분히 붓지 못해 더했다. 영양실조로 뼈에 가죽만 남은 수감자들의 몸에서도 이상한 냄새가 났다. 특히 겨울엔 감방 복도에 달린 창문을 열기도 그렇다. 냄새를 빼려고 창문을 열면 대번에 찬바람이 쏟아져 들어왔다. 수감자들은 계호원이 창문을 여는 기색만 보여도 목이 자라목처럼 기어들어갔다. 감방 난방은 난로가 유일했다. 그것도 열량이 낮은 저열탄만 넣다 보니 추위를 막기 역부족이었다. 감방 안에서 귀가 얼 정도면 실내 온도가 영하로 떨어질 때가 많았다. 수인복을 겨울용으로 입혔지만 조각상처럼 움직이지도 못하고 앉아 있는 수감자들의 고통은 이루 말할 수 없었다.

최 중위는 보초병용 개털 외투를 걸치고 감방 복도로 들어섰다. 죄수들을 힐끗 훑어보곤 난로에 손을 갖다 댔다. 이거 불이 살았나? 뒈졌나? 젠장, 죽은 강아지 체온도 이보단 낫겠다. 난로 뚜껑을 열자 석탄만 가득하고 불빛이 보이지 않았다.

"야, 이거 언제부터 이래?"

"앞 근무 선생님이 금방 탄을 넣어서 그렇습니다."

잔혹한 선물

박 영감 아들이 대답했다.

"인마, 밑불이 좋지 않아."

"불기운이 지나서 그렇습니다."

"그럼 미리 탄 좀 넣어달라고 해야지. 그니까 너 애비 귀때기가 얼었잖아. 너 아들 맞아?"

"제기는 했습니다."

"그랬는데 안 넣어주더란 말이지. 하긴 너희들 소리가 사람 소리냐."

말끝마다 사람이 아니라고 했다. 어느 계호원이건 입에 올라 있는 말이었다. 거기에 습관된 나머지 딴 곳에 가서도 화가 나면 아무에게나 그렇게 내뱉는 족속들이었다. 최 중위는 윤 소위가 괘씸했다. 따끈한 감시실에 앉아 움직이기 싫어 불을 제때에 보지 않은 것이다. 교대 시간이 끝날 무렵에야 석탄을 마구 쓸어 넣고 가버렸다. 그건 누구라도 그랬다. 난롯불 살피러 감방 안에 들어가기 싫어 그런 식으로 얼렁뚱땅 해놓고 달아나곤 했다. 그러다 보면 정전된 시간에 근무 서는 사람이 제가 추워서라도 다 죽어가는 불을 살릴 수밖에 없었다.

최 중위는 불을 살리느라 신경질적으로 불갈고리를 달그락거렸다. 연기가 앞으로 쓸어 나왔다. 에취! 재채기가 터졌다. 제기랄! 코를 싸쥐고 창문을 열었다. 순간 휘익 눈보라가 쓸어들었다.

수감자들이 한꺼번에 으으으 신음 소리를 냈다.

"이것들이 무슨 엄살이야? 어디 온종일 창문을 열어놓을까?"

"잘못했습니다, 선생님!"

질겁한 수감자들이 합창으로 대답했다.

"떨긴, 짜식들. 다들 일어서 운동하라."

한겨울 추위에 창문까지 열었으니 운동이라도 시켜야 했다. 이러다 모두 독감이라도 걸리면 수인 관리를 잘못했다고 배 터지게 욕먹을 게 뻔했다.

"고맙습니다."

수감자들이 반색하며 운동을 시작했다.

감방에선 운동하라는 말이 먹을 것 다음으로 반가웠다. 수감자들은 새벽 5시부터 밤 11시까지 돌부처 자세로 꼼짝 못 하고 앉아 있어야 한다. 계호원들은 기분 좋을 때면 몇 분 정도씩 운동을 허락하곤 했다. 그러나 운동 중에 혹시 누가 방귀라도 뀌면 즉시 중단시켰다. 당사자는 체벌을 받았다. 체벌은 다양했다. 머리를 바닥에 박고 뱅뱅이를 돌리게 하거나, 머리털을 빗자루 삼아 청소를 시키거나, 한쪽 다리를 들고 서게 하거나, 다리를 구부리고 오토바이 타는 자세로 서게 하거나, 냄새가 올라오는 변기에 코를 박게 하거나, 앉았다 일어났다 수백 번 반복하게 하거나, 밥을 굶기거나, 잠을 안 재웠다.

"야, 10번. 너 진짜 고칠 수 있어?"

"옛! 고치겠습니다."

박 영감이 황급히 대답했다. 최 중위는 눈바람이 들어오는 상태에 늙은이를 계속 세워뒀다가 정말 발이 얼면 시끄럽게 될 것 같았다.

"좋아. 운동하라. 다시 그랬단 봐라."

"고맙습니다."

후유. 한 고비 넘겼다. 박 영감은 그 자리에 풀썩 주저앉았다. 얼기 직전인 발을 꽁꽁 주물렀다. 그제야 아버지 걱정에 우거지 상을 하고 있던 아들도 신나게 팔다리를 흔들어댔다.

한참 후 난롯불이 피어오르자 최 중위가 창문을 닫고 운동을 중지시켰다. 아직 열이 채 오르지 않은 난로를 끌어안다시피 하고 앉았다. 이제 불은 살아난 거고, 그런데 이거야 어디 심심해서 살겠나. 그는 여송연에 불을 붙였다. 독하지만 향긋한 담배 냄새가 감방 안에 퍼졌다. 수감자들은 저도 몰래 흠흠 코로 숨을 크게 들이켰다. 히야! 그 냄새 한번 죽여주네. 최 중위 입과 코로 뿜어 나오는 연기가 신기루처럼 여겨졌다. 창문 틈으로 새어드는 바람에 담배 연기가 밀려 철창 안으로 들어갔다. 그런데 제일 앞에 앉은 사람이 그것을 들이키려 숨을 크게 쉬다 그만 흐흡 소리를 내고 말았다. 최 중위가 홱 돌아보았다.

"누구야? 소리 낸 게."

"예. 7번입니다."

"이런 병신 같은 새끼, 왜 그랬어."

"담배 냄새가 너무 좋아 그랬습니다."

"그래?"

최 중위가 일어서 다가왔다. 모두 얼어붙은 것처럼 긴장했다. 또 무슨 변을 당할지 알 수 없었다.

"담배 피우고 싶나?"

"아닙니다."

"이것 봐라. 피우고 싶으면 피우고 싶다고 말해."

"아닙니다. 그저 처음 보는 담배 냄새라서 좋았습니다."

"하, 이러니까 여섯 달이 되도록 아직 심문이 안 끝났지. 인마. 담배 피고 싶다는 말도 솔직히 안 하는데 진술 제대로 할 턱 있어?"

"잘못했습니다. 솔직히 피우고 싶습니다. 그래도 참습니다."

7번이 급히 변명했다.

"그래. 그렇게 솔직하면 되잖아. 담배는 못 주지만 연기는 마시게 해줄게."

최 중위는 짐짓 상냥한 웃음을 지으며 장난쳤다. 후우. 그는 담배 연기를 한껏 빨아 7번 얼굴에 뿜어댔다. 7번이 후욱 들이켰다.

"어때? 좋아?"

"예, 좋습니다. 고맙습니다."

"자식, 예절 하나는 반듯하군. 담배 냄샐 더 진하게 해줄까?"

"예, 선생님."

"좋아, 그럼 입 크게 벌려. 직접 입 안에 쏴 넣어줄게."

최 중위는 다시 연기를 한 모금 빨아 물었다. 수감자들은 7번을 부럽게 쳐다봤다. 7번은 철창 앞에 바짝 다가앉아 입을 하 벌리고 담배 연기야 어서 들어와라 하고 기다렸다. 최 중위도 철창 가까이 입을 가져갔다. 둘이 키스라도 할 만한 간격이 되자 별안간 최 중위 눈이 커지며 힘이 실렸다. 순간 푸 하는 소리와 함께 담배 연기 섞인 가래침이 7번의 입 안으로 발사됐다. 욱! 7번이 화들짝 놀라 비명을 질렀다. 순식간에 벌어진 광경에 모두 숨을 딱 멈췄다.

"으하하하. 멍청한 새끼. 맛이 좋아? 흐흐흐. 야, 이 새꺄. 너 같은 반동들에겐 이게 딱 맞는 니코틴 주입법이야. 알갔어? 으하하하."

7번의 눈에서 모멸감과 분노와 설움이 뒤섞여 눈물이 좔좔 쏟아졌다. 최 중위는 어깨를 으쓱하며 다시 난로에 다가갔다. 옆 감방 여성 수감자들도 상황을 짐작하고 숨을 죽였다.

문득 감방 복도에서 군홧발 소리가 들려왔다. "거기 11번을 좀 꺼내주오." 하는 소리가 들린다. 박 영감 가족 사건을 맡은 예심원이었다.

"야, 11번, 이리 와."

최 중위가 배식구로 내민 박 영감 아들 손에 수갑을 채우고 문을 열러 뒤쪽 복도로 갔다. 자물쇠를 여는 떨꺼덕 소리가 났다. 모두 바닥에 머리를 틀어박고 엎드렸다. 11번은 엉덩이부터 문 밖으로 나갔다. 죄수는 감방 문을 나갈 때 정면으로 나가면 안 된다. 명심하지 않으면 계호원 주먹에 면상을 얻어맞기 딱 좋다.

복도에서 예심원이 최 중위와 수군거리는 소리가 들렸다. 이때다 싶었던 수감자들이 제멋대로 팔다리와 몸을 흔들며 운동했다. 정전이 되면 이런 행동이 카메라에 잡히지 않아 좋은 점은 있다. 곧 최 중위 발자국 소리가 가까워지자 모두 자세를 바로했다.

"야, 너희들 내가 나간 사이 뭐 했지?"

"……."

"이것들이 입이 붙었나? 10번, 네가 말해봐. 솔직하면 그냥 넘어갈게. 팔다리 막 흔들어댔지?"

하필이면 왜 내게 묻나. 박 영감은 눈치를 힐끗힐끗 보며 입을 열지 못했다.

"솔직히 말해보라니깐."

"……."

"가만, 10번 너 오늘 생일이라며?"

"예!"

어떻게 내 생일을 기억했을까. 박 영감은 괜히 긴장했다.

"생일이야 쇠야 하지 않겠어? 솔직하면 오늘 배려 좀 해줄게."

배려? 어떤 배려? 막연한 기대가 생겼다.

"예. 솔직히 팔다리 좀 흔들었습니다."

"거봐. 맞잖아. 이 교활한 놈들아. 내가 너들을 몰라? 이래서 한번 범죄자는 영원한 범죄자라는 거야."

모두 겁에 질려 그와 눈이 마주칠세라 허공을 쳐다봤다.

"10번. 오늘 점심에 옥수수 두 명 몫을 주면 다 먹을 수 있지?"

"예, 먹을 수 있습니다!"

감옥에서 그 이상 선물은 없다. 정치범 수용소에 가기 전에 죽지 않아도 다행인 처지다. 그런데 생일을 배려하다니. 하긴 보위원도 사람이니까 그럴 수도 있겠지. 박 영감은 저 혼자 기분에 들떠 점심시간을 기다렸다.

그런데 점심때가 됐는데도 조사받으러 나간 아들이 돌아오지 않았다. 가끔 조사가 늦어질 때가 있었다. 드디어 고소한 옥수수 냄새를 풍기며 급식 밀차가 들어왔다. 식사라고 해봐야 말이 아니다. 옥수수알을 씻지도 않고 그냥 솥에 넣고 푹 퍼지게 삶은 것이다. 옥수수를 타갠 강냉이 쌀로 밥을 지을 때도 있지만 정전이 잦아 방앗간에 헛걸음하는 경우가 많아 통알 옥수수를 그대로 삶아 먹이는 것이 상례가 됐다. 그래봐야 한 끼에 150알 정도였다. 국도 말이 국이지 국거리가 없었다. 된장물이라 해야 정확했다. 그나마 된장을 넣고 끓인 물은 고급이었다. 그마저 없으면 손가락만 한 시래기 두세 개가 동동 뜬 소금물이 국 행세를 했다. 반찬은 애당초 없었다. 배식이 끝나자 최 중위가 말했다.

"어이, 10번. 얼른 네 몫을 먹고 하나 더 먹으라."

"예, 고맙습니다. 헤헤."

대답이 비굴한 정도가 아니었다. 박 영감은 자기 몫을 잠깐 사이에 먹어치웠다. 다른 때의 곱절 속도였다. 수감자들은 영리했다. 먹으라고 할 때 얼른 먹어야지 우물거리다가 계호원 마음이 달라지면 낭패였다.

"10번, 다 먹었으면 그 옆에 있는 것도 먹어."

"예? 이거 말입니까?"

그건 취조받으러 나간 아들 몫이었다.

"왜 그래? 먹으라면 먹을 게지."

"선생님, 이건 제 아들 몫인데요?"

"뭐야? 이 새끼가 생일이라고 배려 좀 했더니 군말이 많아? 야 인마. 여기 애비가 어데 있고 아들이 어데 있어? 이 안엔 죄수만 있단 말이야. 네 아들이 아니고 11번이야. 알았어?"

"예, 알겠습니다."

대답이 얼른 씩씩해졌다. 이럴 땐 그래야 소나기를 피했다.

"그래. 냉큼 그거 먹어. 생일이면 뭐 좀 더 먹어야 하지 않겠어? 다 생각이 있으니 먹으라."

아마 아들 몫은 따로 있는 모양인가. 뭐 다 생각이 있다는데, 우선 먹고 보자. 영감은 누가 덜어내기라도 할 세라 그릇을 움켜쥐고 아주 맛나게 먹어댔다. 최 중위는 마치 풀 먹는 토끼를 지켜보듯 재밌게 바라봤다.

"야, 10번. 오늘 생일 잘 쇠는 거다. 오후에도 좋은 일이 있을 거야."

그는 이렇게 말하고 감방을 나가 버렸다. 교대 시간이었다.

잠시 후 박 영감 아들이 돌아왔다. 감방에 들어서는 그의 눈이 휑했다. 배가 고파 죽을 지경일 수밖에. 자리에 앉자마자 손을 쳐들고 말했다.

"선생님, 11번, 한 가지 제기할 수 있습니까?"

"뭐야?"

새로 교대한 뱁새눈의 목소리였다. 뱁새눈은 교대하자마자 재수 좋게 전기가 들어와 감시 모니터 앞에 앉았다.

"제가 취급받고 늦게 돌아와 점심밥 못 먹었습니다."

"뭐라고? 이 새끼가 돌지 않았어? 점심시간 지났는데 무슨 소리야."

금시초문인 모양이었다. 앞서 교대한 최 중위가 인계하면서 아무 말 없이 들어가버린 것이다. 이런 경우가 종종 있었다. 그러면 피해가 고스란히 수감자에게 돌아갔다.

"늦게 들어왔으면 그 안에 네 밥이 있을 게 아니야?"

"예. 그런데 없습니다."

"아, 이 귀신 같은 새끼가 무슨 소릴 해?"

뱁새눈이 잦은 발자국 소리를 내며 씽하니 들어왔다. 정말 밥그릇이 없는 것을 확인하자 물었다.

"10번, 이거 어떻게 된 거야?"

박 영감이 허둥대며 자초지종을 얘기했다. 뱁새눈이 재미있다는 듯 킥킥거렸다. 그러다 정색하고 눈을 부릅떴다.

"10번, 이 새끼, 너 이제 보니 짐승보다 못하구나. 먹으란다고 제 새끼 밥을 먹어치워? 야, 선생님이 네가 얼마나 이상한 물건인가 한번 보려고 그런 건데 이 새끼, 너 같은 반역자들한테 무슨 생일이야?"

뱁새눈이 아들에게 다가갔다.

"야, 11번. 저 10번 새끼가 네 밥을 먹었으니깐 귀싸대길 스무 대 쥐어박으라."

기가 막힌 일이었다. 아들 몫을 억지로 먹게 하고는 아들더러
아버지를 때리라 했다. 당황한 아들이 꾸물거렸다.

"야, 너 귀때기 먹었어? 말 안 들리나?"

"선생님, 전 안 먹어도 괜찮습니다."

"아야, 이 새끼 봐라. 잔말 말고 시키는 대로 못 해?"

이쯤 되면 선택의 여지가 없었다. 어쩔 수 없이 아들이 아버
지를 살랑살랑 때리는 척했다. 하지만 그걸 보고 그냥 넘어갈 뱁
새눈이 아니었다.

"이 새끼가 누굴 놀리나? 너 배가 덜 고팠구나. 이거 안 되겠
다. 야, 10번. 이번엔 네가 이 11번 새끼를 때려라. 너도 때리는
척하면 그땐 둘 다 죽을 줄 알라."

그러나 박 영감도 아들을 때리지 못하고 시늉만 냈다. 뱁새눈
은 화가 꼭뒤까지 치밀었다. 부자간이 악을 품고 싸우는 걸 보자
는 건데.

"2호 감방, 전체 일어섯!"

악에 받친 고함이 감방을 울렸다. 수감자들이 불에 덴 것처럼
벌떡 일어섰다. 이럴 땐 집단 처벌을 가하는 효과적인 방법이 있
었다.

"이 새끼들아, 이제부터 10번, 11번 때문에 너희들 모두 벌을
세운다. 두 손 머리에 올리고 한쪽 다리 들고 선다. 시작!"

수감자들이 화근인 박 영감 부자를 쏘아봤다. 몇 분도 안 지나 하나둘 쓰러지기 시작했다. 영양실조에 걸려 뼈만 남은 이들, 그냥 앉아 있기도 힘든 처진데 한쪽 다리를 들고 서라니 버텨낼 리 없었다. 하지만 뱁새눈이 쓰러지면 다시 일어서라고 소리 질렀다. 그래도 서지 못하면 "야! 대가릴 배식구에 배달해." 했다. 머리를 배식구에 들이대라는 소리였다. 그러곤 머리를 군홧발로 깠다. 요령껏 발길질을 피해 살짝 머리를 뒤로 빼면 "다시 대지 못할래?" 하며 제대로 맞을 때까지 반복했다.

"누가 10번, 11번 새끼들 상판대기를 때릴 의향 있나? 나서는 놈은 자리에 앉힌다."

악에 받친 수감자들이 서로 제가 때리겠다고 나섰다. 이쯤 되면 불상사가 날 수도 있었다. 겁이 덜컥 난 박 영감 아들이 황급히 손을 들고 말했다.

"선생님, 제가 다시 때리겠습니다."

차라리 그게 나았다. 남 탓에 벌을 받아 독이 오를 때로 오른 사람들이 때리면 무슨 사고가 날지 몰랐다.

"그래? 인마, 진작 그랬어야지. 그럼 어디 시작해봐. 제대로 쳐야 한다."

아들이 아버지를 정말로 때리기 시작했다. 눈물이 앞을 가렸다. 그럴수록 더 세게 쳤다. 아버지 얼굴이 아니라 제 마음에 매질을 했다. 마침내 20대를 다 때렸다.

뱁새눈이 흡족해 했다.

"11번. 소감이 어때?"

"선생님들이 시키면 뭐든 해야 됩니다."

"그렇지! 그걸 이제야 알았어? 너 여기 철창 가까이 좀 와봐."

최 중위는 11번 이마를 권총 소제대로 딱딱 두드렸다.

"야아. 이제 보니 생긴 게 꼭 승냥이 같구나. 인마, 암만 그래도 아들이 제 애비를 진짜로 때려? 이 나쁜 새끼."

이건 또 무슨 소리야? 도대체 뭐 하는 짓거리야.

"어이 10번, 이 새끼가 네 아들 맞긴 맞아? 흠, 아들 잘 둔 덕분에 네 처지가 참 딱하다. 냉큼 일어나 이 불효막심한 짐승 새끼를 때려라."

"아이고, 선생님, 용서해주십시오."

급해맞은 박 영감이 아이처럼 엉엉 울음소리를 냈다.

"야, 또 장난해? 전체, 처음부터 다시 벌설까? 이번엔 여자 감방까지 다 할까."

그러자 겁에 질린 수감자들이 "빨리 해라! 이 귀신아!" 하고 소리쳤다. 불똥이 다시 튈까 봐 흥분했던 것이다. 할 수 없는 노릇이었다. 이번에는 박 영감이 아들을 때리기 시작했다. 짝! 짝! 짝! 매 맞는 뺨보다 박 영감 손이 더 아팠다.

"하나, 두울, 세엣……."

뱁새눈이 직접 신나게 셌다. 약간이라도 빗맞은 느낌이면 "다시!" 하고 반복시켰다. 박 영감이 아주 생일을 제대로 쇠고 있었다. 지옥이 있다면 이보다 더할까. 다시 교대 시간이 되어서야 시달림이 끝났다.

하지만 저녁밥이 들어왔을 때 이번에는 윤 소위가 박 영감을 굶기고 아들이 그 몫까지 먹게 했다. 고통이 밤까지도 계속 이어지고 있었다.

밤 11시가 되어서야 고성기에서 "잠 잘 준비!" 구령이 내렸다. 준비가 끝나자 고성기에서 "야, 10번. 오늘이 네 생일이야?" 하는 소리가 나왔다. 김 대위 목소리였다.

"아닙니다, 전 생일이 없습니다."

"인마, 생일이 왜 없어?"

"예! 반역자는 사람이 아닙니다. 짐승은 생일을 쇠지 않습니다!"

박 영감 목소리가 이상하게 씩씩했다.

"허허. 너 그새 많이 공부했구나. 처음 들어올 때 그 배짱은 다 꺼졌나?"

"예! 그땐 제가 사람인 줄 알았습니다."

"거봐. 그런 거랑 알게 되니까 여기가 '대학'인 거야. 얼마나 좋아. 공짜로 밥 먹여주지, 공부시켜주지. 안 그래?"

"예. 맞습니다."

모니터 옆에서 다른 자들이 낄낄대는 소리가 고성기로 새어나왔다.

"히히히. 저 새끼, 이제야 제대로 아네."

"그래도 저게 한때는 지배인 노릇 했다는데, 믿겨지지 않아. ㅎㅎㅎ."

쓰러지듯 누운 박 영감 눈에선 끈적끈적한 눈물이 피고름처럼 흘러나왔다.

잔혹한 선물

배에 기별도 안 가게 먹이고는 또 꼴값을 한다. 먹기는 쥐만큼 먹고 일은 소만큼 하라, 늘 이런 식이잖

아. 목구멍에 손가락을 넣어 먹은 것을 토해내고 싶을 만큼 영수는 사기당한 느낌이 들어 기분 나빴다.

잔혹한 선물

영하 40도를 오르내리는 혹한이 기승을 부렸다. 날던 새도 얼어 떨어진다는 백두산 지역의 엄동설한. 그 속에서 돌격대원들이 철길 공사를 하고 있었다.

영수는 콘크리트처럼 언 땅을 파느라 곡괭이를 힘겹게 휘둘렀다. 점심시간이 멀었는데 벌써부터 뱃가죽이 잔등과 키스를 하겠다고 난리를 쳤다. 마음 같아선 아무렇게나 벌렁 주저앉고 싶지만 몸을 놀리지 않으면 삽시에 온몸이 얼어들 지경이었다. 팔에 힘이 빠지고 허리는 부러질 듯 아팠다.

고성기 네 개가 위에 설치된 방송선전차가 줄곧 영수네 중대 구간에서 소란을 피웠다. 영수는 따뜻한 차 안에서 "전투원 여러분! 항일혁명투사들처럼 혹한도 아랑곳하지 않고 위훈을 새겨가는 여러분의 열정은……" 하고 마이크에 침을 튀기는 선전대원 처녀를 냉큼 끌어내 곡괭이를 쥐여주고 싶었다. 한쪽에선 일하느라 죽을 지경인데 딴 데 가지도 않고 옆에 딱 서서 기염을 토하는 꼴이 정말 미웠다. 허리 좀 펴려면 "순간의 휴식도 없이 곡괭이를 휘두르는 이 미더운 동무들을……" 하고 꼼짝 못 하게 다그쳤다.

"저 간나, 지금 우릴 놀리나?"

옆에서 진호가 침을 찍 뱉으며 투덜거렸다.

"저렇게 떠드니까 중대장두 눈치 보여 휴식 구령을 못 주잖아."

진호는 돌격대 경험이 많았다. 이번 공사도 노동당에 입당할 확률이 높다는 것을 알고 자원했다. 다른 돌격대에서도 기회가 있었지만 뇌물을 바치지 못해 실패했다. 집이 가난해 뇌물을 마련할 수 없었다. 충성심이 높아 입당하려는 것은 아니다. 러시아에 파견 노동자로 가려면 당원이 되어야 한다는 조건 때문이다. 러시아에 가야 달러를 벌어와 잘살 수 있겠는데 그 잘난, 개도 안 물어 갈 당원증 하나가 없어 가지 못했다.

돌격대가 처음인 영수는 돌격대 경험이 많은 진호와 친하게 지냈다. 그한테서 이런저런 요령을 배울 수 있어 좋았다. 먹을 것도 부족하고 장시간 고된 작업이 계속되는 돌격대 생활은 자칫하면 영양실조에 걸리기 쉽다. 그만큼 눈치와 요령이 필요했다. 하

잔혹한 선물

지만 그것도 쉽지 않다. 괜히 속이 들여다보이면 낭패다. 서툴면 낙후분자로 몰려 더 힘든 상황에 처할 수 있다. '될수록 일은 적게, 그러나 평가는 높게!' 이것이 쉽게 지내고 입당을 하고 큼직한 선물과 훈장을 받는 돌격대 생활 노하우였다.

방송차는 한참을 더 떠들고 나서야 입이 아픈지 전투적인 음악을 내보내며 자리를 옮겼다. 그제야 휴식 구령이 내렸다.

"어휴, 저놈의 방송차, 제발 좀 오지 말라."

영수는 다른 대대 구간으로 굼벵이처럼 기어가는 방송차 뒤에 주먹질을 했다. 진호가 그걸 보고 흠칫하며 만류했다.

"이 친구야, 조심해. 그러다 큰일 난다. 저게 다 당의 목소리 아닌가."

"그래도 그렇지. 하필 왜 딱 우리 구간에 버티고 서서 고아대는 거야."

"쉿! 입조심하라니까. 그러다 맞아 죽을지도 몰라."

"뭐? 맞아 죽어? 누가? 저따위 방송원 간나한테? 푸하하."

"이 친구, 아직 뭘 모르누만. 그런 일이 있었다니까."

"에이, 설마……."

"허참, 믿질 않네. 내가 희천발전소 건설 돌격대에 있을 때 말이야. 그때도 방송차가 저렇게 떠들고 예술선전대도 왔어. 우린 하루 24시간 꼬박 못 자고 일한 적이 많았거든. 모두들 신경이 예

민해져서 걸핏하면 거친 말이 나가고 싸움이 나곤 했지."

진호는 지난날이 눈앞에 생생한지 실눈이 되어 먼 곳을 응시
했다.

"한번은 새벽부터 철도역에 나가 시멘트 하차 작업을 했어.
그런데 끝나는가 싶으면 또 다른 차량이 들어오고, 그걸 다 부리
면 또 다른 차량이 들어오고 하는데 진짜 죽을 지경이었지. 작업
은 다음 날 아침까지 계속되었어. 하루가 24시간인데 우린 25시
간이나 일한 셈이지. 꼬박 한잠도 못 자고 말야. 삼복더위에 팬
티바람인 몸뚱이는 시멘트 가루로 허옇게 덮이고 눈알만 펀들
펀들 돌아가는 게 꼭 무슨 만화영화에 나오는 괴물 같았어. 등골
에 흘러내린 땀은 시멘트와 반죽이 돼 손톱으로 긁으면 덕지덕지
콘크리트 더뎅이가 떨어지고, 배는 또 얼마나 고픈지 미칠 지경
이더군. 견디다 못해 몇 명이 작당해 시멘트를 빼돌려 인근 장사
꾼들에게 팔았지. 그 돈으로 빵이며 술이며 이것저것 잔뜩 사 왔
어. 그걸 시멘트 무지에 둘러앉아 먹고 금시 취해버렸어. 지칠 대
로 지친 데다 빈속에 술이 들어갔으니 너나없이 일이고 뭐고 벌
렁 자빠져 잠이 들었네. 그렇게 한참 지났을까. 어디선가 스피커
소리가 요란하기에 깨보니 방송차가 온 거야. 빌어먹을 여단 지
휘부 새끼들이 지원 인력을 보내는가 했더니 방송차를 보냈더란
말이야. 차라리 먹을 거나 좀 보내지. 하긴 지주가 배부르면 머

잔혹한 선물

슴 배고픈 심정 모른다고. 그 새끼들이야 여단 보급품을 팔아 배때기를 채우니까. 뭐 그러거나 말거나 술에 취한 놈들이 방송차가 떠들겠으면 떠들고 코를 골며 움쩍도 안 했네. 그걸 보고받고 대대장은 펄펄 뛰고, 개새끼란 욕을 들은 중대장은 화가 치밀어 꽥꽥대는데 아주 난리가 났지. 술 갖다 먹인 게 어느 새끼냐며 소대장 엉덩이를 걷어차고, 그러거나 말거나 취한 소대장은 '중대장 동지도 한잔하시라요' 하며 실실대고. 중대장이 찬물 한 바가지를 소대장 얼굴에 콱 끼얹었네. 어푸어푸하며 소대장은 그제야 상황 파악이 되는지 자는 사람들을 돌아가며 걷어차고 일어나라고 고아댔네. 모두 떨떨한 정신에 일손을 잡았는데, 별안간 한 녀석이 방송차를 향해 '야, 이 간나야! 개소리 그만 치고 냉큼 나와 시멘트나 부리라우' 하고 소리쳤네. 놀란 소대장이 '이 새끼 돌지 않았어? 얻다 대고 함부로 주둥이질이야?' 하면서 발로 찼어. 근데 녀석이 홱 돌아서며 '야, 왜 발길질이야. 소대장이면 다야?' 하며 덤비는 게 아니겠어. 술기운에 간덩이가 부은 거지. 소대장이 욱해서 멱살을 잡고, 녀석도 지지 않고 마주 멱살을 잡고, 결국 둘이 치고받고 난리가 났지. 쌈이 나자 주변에서 우르르 몰려들고 소대장 편을 드는 작자들이 가세해 녀석이 아주 피투성이가 됐네. 근데 문제는 녀석이 그 자리에서 죽었다 이거야. 난리가 났지. 보안서에서 나오고……."

진호는 잠시 말을 멈추고 담배를 꺼내 물었다.

"그럼 먼저 폭행한 소대장이 살인죄로 잡혀갔겠네?"

"처음엔 다들 그렇게 생각했지. 근데 그게 아니더군. 소대장과 편들어 함께 주먹질을 한 놈들이 조사받았는데 결국은 유야무야되고 말더군."

"아니, 그럴 리가. 사람 죽은 건 사실이고 때린 놈들도 있는데 그냥 넘어갔다구?"

영수는 도무지 납득할 수 없어 흥분했다.

"내가 그래서 하는 말인데 방송차에 대고 아무 말이나 하지 말라니까."

"그게 살인하고 무슨 상관인데?"

"앗따, 말귀 좀 알아듣게. 어떻게 된 거냐면 작업 시간에 술 먹고 싸우다 사람이 죽었다, 이렇게 보고되면 그 단위엔 훈장이든 선물이든 입당이든 포상이 하나도 없고, 우선은 지휘관들부터 고생한 보람이 사라지는 거야. 그러니 죽은 사람을 반동분자로 매도한 거지. 당의 목소리를 전하는 방송선전차에 대고 개소리 친다고 하는 바람에 정의감에 불타는 청년들이 분을 억제 못하고 때렸는데 그만 죽었다, 물론 지나친 면은 있으나 그놈은 죽어 마땅할 반동 행위를 했지 않은가, 원인 제공을 그놈 스스로 했다, 그러니 선처를 바라는 바, 청년 돌격대 사기 저하는 최고 사

잔혹한 선물

령관 명령 관철에 지장이 될 것이니 혁명의 이익 견지에서 처리해달라, 이런 식이었거든."

"아니, 그럼 살인자들은 버젓이 살아남고? 세상에!"

영수는 기가 막혀 입을 하 벌리고 말을 잇지 못했다.

"그러게 자네도 매사에 입조심하는 게 좋아."

작업 구령이 다시 내렸다. 영수는 일하는 중에도 진호가 들려준 얘기가 영화처럼 연상돼 기분이 찜찜했다.

다른 구간을 돌며 떠들던 방송차가 다시 다가왔다.

"현장에 알립니다. 현장에 알립니다. 각 대대 대대장, 정치지도원 동무들은 여단 지휘부에 급히 모이시기 바랍니다. 거듭 말씀드립니다. 각 대대 대대장, 정치지도원 동무들은 여단 지휘부에 급히 모이시기 바랍니다."

갑자기 무슨 중요한 사안이 생겼는지 방송차는 속력을 내며여기저기 전했다. 대대장, 정치지도원들이 급히 여단 지휘부 쪽으로 이동하는 모습이 보였다.

"무슨 일이 생긴 걸까. 갑자기 왜 그래?"

영수가 의아해 중얼거렸다.

"뭐 나쁜 일은 아닐 거야. 대개 이럴 땐 좋은 일이 있는 거지. 혹시 아나. 큼직한 지원 물자라도 들어왔을지."

진호가 아는 척을 했다.

"아니, 지원 물자가 오는데 대대 간부들은 왜 불러?"

"뻔하지 않나. 글쎄, 좀 있어봐야 알겠지만 지원 물자가 온 게 맞다면 단위들마다 분배를 해야 하니까."

진호의 예측은 맞았다. 방송차가 다시 돌아다니며 기쁜 소식을 전했다. 방송원의 목소리는 흥분에 떨고 있었다.

"전투원 여러분, 경애하는 최고 사령관 동지께서 우리 건설장에 은정 깊은 지원 물자를 선물로 보내주셨습니다. 잠시 후 현지에 직승기(헬기)가 도착하게 됩니다. 경애하는 최고 사령관 동지께서 백두산의 칼바람 속에서 위훈을 떨쳐가는 우리 청년 돌격대원들을 생각하시어……."

선물! 영수는 헬기까지 동원해 보내는 걸 보면 보통 품목이 아닐 거란 생각이 들며 괜히 몸이 달아올랐다.

중대장이 소리쳤다.

"자, 동무들, 일 중지하고 모두 직승기 마중하러 갑시다."

하늘에서 우르릉 소리가 들리기 시작했다. 먼 상공에 헬기 동체가 나타났다.

"저기 온다!"

대원들은 일제히 상공을 쳐다보며 탄성을 질렀다. 저쯤 보이는 평평한 공터를 향해 여단 간부들이 달려가고 있었다. 그 뒤로

잔혹한 선물

방송차도 따라갔다.

헬기가 가까이 다가오자 온 건설장이 와! 하고 삽이며 곡괭이며 다 집어던지고 허둥지둥 착륙 지점으로 몰려갔다. 왠지 진호만은 분위기에 젖지 않고 심드렁해 움직일 염을 안 했다.

"아, 뭐 해? 하늘만 쳐다보지 말고 얼른 우리도 가자우."

영수가 재촉했다. 하지만 진호는 들었는지 말았는지 중얼댔다.

"직승기가 한 대밖에 안 오나?"

"왜? 한 대면 어떻고. 무슨 상관이게?"

"아니, 그저. 난 여기서 불이나 지피고 쉴게. 자네도 가지 말고 나하고 있지 뭐. 가봐야 사람 바단데 제대로 보이기나 하겠어? 거기서 바로 선물 나눠줄 것도 아닌데."

진호는 선물이 오히려 귀찮은 기색이었다. 거참 무슨 사람이 이렇게 감정이 없어?

그때 소대장이 불렀다.

"어이, 진호 동무, 거기서 뭐해? 얼른 가봐야지. 영수 동문 왜 그러고 있나?"

"예. 가야죠. 가요."

영수는 "그럼 나 혼자 갈게" 하며 진호를 뒤에 두고 뛰어갔다. 얼핏 돌아보니 소대장이 진호에게 다가가고 있었다.

땅에 내린 헬기의 커다란 프로펠러가 빙글빙글 원을 그리며 사방에 눈가루를 휘뿌렸다. 차가운 눈가루가 흩날려 얼굴에 뿌려졌지만 돌격대원들은 오히려 신나는지 우우 소리를 지르며 좋아했다. 정치위원이 만세를 선창했다. 그러자 모두 손을 높이 들어 박수를 치며 만세 삼창을 불렀다. 여단 직속 중대원들이 헬기에서 박스들을 부지런히 내려 트럭에 옮겨 실었다. 전부 사과 박스였다. 한 겨울에 싱싱한 사과를 맛보게 된 것이다. 분위기를 한껏 띄우며 방송선전차는 경쾌한 음악을 내보냈다.

이윽고 헬기가 떠났다. 방송차는 "나라일이 그처럼 바쁜 가운데서도 백두 대지에 위훈을 새겨가는 우리 청년들을 생각하시어 몸소 직승기까지 띄워 싱싱한 과일을 보내주신 경애하는 최고 사령관 동지의 이 크나큰 사랑에 무엇으로 보답한단 말입니까. 우리 모두 이 사랑의 힘으로 철길 공사를 앞당기기 위하여 총돌격합시다." 하고 떠들었다. 지휘관들이 "자, 자, 그만 봤으면 됐어. 다들 현장에 돌아가 작업에 착수하도록 하시오." 하며 대원들을 떠밀었다.

영수가 현장에 돌아오니 진호가 보이지 않았다. 삭정이를 주워 피운 모닥불은 잿불만 남아 있었다. 자리를 뜬 지 한참 된 것 같았다.

소대장이 키가 조그만 어린 대원 한 명을 데리고 다가왔다.

잔혹한 선물

"진호 동문 갑자기 배 아파 들어갔으니까 대신 영수 동문 이 동무랑 함께 작업하면 되겠소."

"배가 아프다니요? 좀 전까지 멀쩡했었는데. 뭘 따로 먹은 것도 없었구."

"그게 아니고 그 동무한테 갑자기 밸이 꼬여드는, 그 뭐라더라 일유슨지 불루슨지 하는 그런 병이 있다누만. 몸이 너무 차면 발작한다니까 잘못하면 죽을 수도 있다는데. 그러니 앞으론 일하는 중에도 잘 좀 살펴봐야겠소."

진호에게 밸이 꼬이는 병이 있다고? 그에게 그런 병이 있는 줄은 몰랐다. 영수는 그 병에 걸려 죽은 사람을 본 적 있었다. 아랫배를 움켜쥐고 꼬부라져 뱅뱅 돌다가 쓰러져 죽었었다. 빨리 손쓰지 못하면 끝장이다. 밸이 엉켜 꼬인 것을 풀려면 보통 어렵지 않다. 최악의 경우 수술까지 해야 한다. 그런 병이 진호에게 있다니 영수는 남의 일 같지 않아 걱정됐다.

오후 작업이 시작된 지 두 시간쯤 흘러 여단 차량이 각 대대, 중대 구간들을 돌았다. 드디어 선물 과일을 간식으로 배분하는 것이었다. 하지만 기대했던 것보다 보잘것없는 양이었다. 세 명당 사과 두 알이 전부였다. 1인당 한 알도 아니고 세 명이서 두 알을 나눠 먹으라고? 이걸 대체 어떻게 나누라고? 어처구니가 없어

헛웃음이 나왔지만 감히 투덜거리는 사람은 없었다. 누가 보내준 사과인데. 괜히 입부리를 잘못 놀렸다가 아까 진호가 말한, 방송차를 비난하다 맞아죽은 녀석처럼 되지 말라는 법도 없다.

영수는 셋이서 사과를 어떻게 나눌지 궁리했다. 별걸 다 머릴 써야 하네. 저도 몰래 "젠장, 빌어먹을" 하는 소리가 툭 튀어나오는 바람에 흠칫했다. 먹을 것에 신경 쏠린 사람들은 그 소리를 들었는지 말았는지 아무 반응도 하지 않았다.

칼이 있으면 쪼개 나누면 되겠지만 갑자기 칼이 어디 있나. 생각다 못해 셋이 돌아가며 한 입씩 뜯어먹기로 했다. 먼저 한 사람이 한 입 뜯고, 다음 사람에게 넘기는 식으로 돌렸다.

영수가 "혹시 오늘 아침 칫솔질하지 않은 사람은 없겠지? 치담 환자는 먹지 말구 구경이나 하라우." 하고 너스레를 떨었다. 먹고 나니 마치 황소가 돌배 한 알 먹은 것만큼 아쉬웠다.

영수는 맨 마지막 몫은 오후 작업을 함께 하게 된 어린 대원에게 양보했다. 열여덟 살밖에 안된 꼬맹이가 참 측은해 보였다. 온전히 먹지 못하고 자라선지 키가 140센티미터나 될지 싶었다. 2센티만 더 컸어도 군대에 갔겠는데 키가 작아 불합격됐다고 했다. 이름은 용일이고 집은 함경남도 단천인데 먹을 것이 없어 밥이라도 얻어먹자고 돌격대에 자원했다. 위로 누나가 한 명 있고, 그 역시 평양시 주택 건설 돌격대에 있었다. 아버지와 어머니는 둘 다 굶어 죽었다. 앞이 막막해진 오누이는 오막살이 같은 집을 남에게 빌려주고 입 하나 건사하기 위해 돌격대 생활을 하고 있었다.

방송차가 또 떠들며 돌기 시작했다. 맛있게 먹었으니 그만 쉬고 냉큼 일하라는 독촉이다. 최고 사령관이 보낸 사랑의 과일이 지칠 줄 모르는 힘이 되고 어쩌고저쩌고 하는 꼴이 꼭 사람 갖고 장난치는 것 같아 불쾌한 느낌이 들었다.

의외로 작업이 아니라 여단 전체가 집결하라는 지시가 내려졌다. 궐기 모임을 한다는 것이었다. 배에 기별도 안 가게 먹이고는 또 꼴값을 한다. 먹기는 쥐만큼 먹고 일은 소만큼 하라, 늘 이런 식이잖아. 목구멍에 손가락을 넣어 먹은 것을 토해내고 싶을 만큼 영수는 사기당한 느낌이 들어 기분 나빴다.

한 시간 넘게 걸린 궐기 모임이 끝나자 각 대대, 중대, 소대별로 더 많은 작업량이 추가로 할당됐다. 그러지 않아도 쓰러질 지경인데 해도 해도 너무한다. 과일 몇 조각 먹은 값이 터무니없이 비싸다. 강도가 따로 없다. 영수는 말이 혀끝에 맴도는 말을 겨우 참았다.

해가 서산에 걸리자 기온이 더 차지며 바람도 거세졌다. 다른 날 같으면 작업을 마무리하라는 지시가 내렸을 텐데 기미조차 없다. 오히려 방송차는 더 전투적인 노래를 토해내며 돌아쳤다. 그래도 혹시나 하는 마음에 기다려봤지만 괜한 짓이었다. 새로 내려진 지시는 횃불을 켜 달고 야간 작업에 돌입한다는 것이었다. 최고 사령관의 사랑에 보답하는 의미로 충성의 야간 전투를 하게 된 것이다. 그쯤 되면 자정이 되기 전에 숙소에 들어가긴 틀렸다.

날이 어두워지고 건설장은 횃불, 모닥불, 자동차 전조등 불빛들로 불야성을 이루었다. 그걸 찍어 신문에 낸다고 기자들이 설쳐댔다. 아마 신문 방송에 나가면 사정을 모르는 사람은 스스로 충성심이 발동해 횃불까지 켜 달고 일하는 줄 알 것이다.

저녁식사는 현장에서 공급했다. 식당에 보내 밥을 먹이자면 어쩔 수 없이 작업 중단 시간이 길어진다는 것인데 어떻게 하나 일을 조금이라도 더 시키자는 수작이었다. 식사가 운반되자 대원들은 모닥불 옆에 모여 앉아 먹었다. 식사라고 해봐야 감자 몇 알에 소금국이 전부였다. 소대장이 감자를 입에 문 채 말했다.

"식사가 끝나는 대로 작업을 좀 변경해야겠소. 지금 노반에 깔 마른 흙이 많이 부족하오. 그래서 마른 흙 채취하는 곳에 몇 사람 더 보내야겠소."

언 땅을 파내 쌓은 철길 노반은 흙덩이들 사이에 공간이 숭숭할 수밖에 없다. 그 상태로는 침목과 레일을 깔 수 없다. 여름이

잔혹한 선물

되면 흙덩이들이 녹으면서 노반이 주저앉을 것이 뻔하다. 그것을 어느 정도 방지하려면 마른 흙을 그 공간들에 채워 넣고 불도저를 동원해 무한궤도로 짓눌러 다져야 한다.

마른 흙을 얻자면 눈이 많이 덮인 곳을 파야 한다. 얼핏 생각하면 볕이 잘 비치는 양지쪽이 좋을 것 같지만 그 반대다. 양지쪽은 눈이 녹았다 얼었다 반복하는 과정에 땅속에 물이 깊이 잦아들어 더 깊이 언다. 반면 눈이 많이 쌓인 곳은 땅이 이불을 덮은 것과 비슷한 효과를 내 깊이 얼지 않는다. 그것도 큼직한 나무 밑을 파는 것이 좋다. 땅속에 얼기설기 뻗어나간 잔뿌리들 때문에 삽질이 귀찮지만 언 땅을 파는 것에 비하면 낫다.

마른 흙 채취 작업 인력 증원에 용일이도 포함됐다. 용일이는 별로 내키지 않는 기색이면서도 군말 없이 떠났다.

야간 작업은 자정이 돼서야 끝났다. 작업 철수 지시가 떨어지기 바쁘게 대원들은 축 처진 몸을 끌고 터벌터벌 숙소로 향했다.

"작업이 이렇게 늦게 끝나도 내일은 내일대로 새벽부터 불러낼지 몰라."

"거 방정맞은 소리 좀 하지 말라우. 지휘관들부터 지쳤겠는데 내일 새벽에 일어날 것 같아?"

"그래도 몰라. 힘들면 우리보다 더 힘들었을라구. 먹는 것두

지들은 배 터지게 먹었을 거구."

다음 날 고생할 것이 두려운지 미리 짐작하고 두덜대는 소리들이 났다.

숙소에 들어서자 모두 옷 벗을 기력도 없어 그대로 벌렁 드러누웠다. 그래도 화구 당번이 아궁이에 불을 많이 때 온돌은 뜨끈뜨끈 했다.

영수는 낮에 배 아파 조퇴한 진호가 어디 있는지 둘러봤다. 석유 등잔이 희미하게 비치는 방 한쪽 구석에 누운 것이 보였다. 영수는 그 옆에 다가가 벌렁 누웠다. 잠들었는지 진호는 눈을 감고 있었다. 아픈 배가 괜찮아진 건가. 슬쩍 건드려보니 자지는 않았다. 눈을 뜨고 씩 웃으며 슬그머니 영수의 손을 잡았다.

"손이 얼음장이네. 추운데 늦게까지 고생했어."

"뭐 나만 고생했나. 다들 죽을 맛이야. 그건 그렇고 배 아픈 건 어때?"

"배? 뭐, 별루."

진호는 팔꿈치로 영수 옆구리를 슬쩍 지르며 눈을 찡긋했다.

"실은 엄살이거든."

"뭐라구?"

"쉿! 조용해. 내가 말했잖아. 돌격대는 눈치가 빠르고 경험을 쌓아야 쉽다고."

잔혹한 선물

영수는 무슨 소린지 감이 안 잡혀 눈을 치떴다.

"놀랐나? 암만해도 내가 또 가르쳐야 되갔구만. 내 쪽으로 바짝 돌아눕게."

진호는 영수 귀구멍에 입김을 불어대며 소곤소곤 자기 경험을 들려줬다.

"이렇게 국가적으로 중요한 공사는 말이야. 지원 물자가 자주 오기 마련이거든. 옛날부터 그래왔으니까. 그런데 내가 좀 겪어 봐서 아는데 지원 물자도 지원 물자 나름이야. 말하자면 오늘 같은 경우엔 꾀병을 부리든 어쩌든 핑계를 대고 빠지는 게 낫단 말이야. 많든 적든 일단 사랑의 선물이라고 이름 붙은 걸 먹으면 그 값을 몇 갑절 해야 되거든. 글쎄 먹어 없어지지 않는 옷이나 물건 같은 거라면 받는 게 낫지. 나중에 장마당에 내다 팔아도 돈이 되니까. 근데 아까 화구 당번이 말하는 걸 들으니 오늘은 과일 먹었다면서? 음, 그랬군. 덜덜 떨며 한입씩 뜯어 먹는 걸 사진 찍어 간수했다 이담에 보면 참 재밌겠는데. 흐흐. 생각만 해도 웃긴다. 그래 그거 몇 입 뜯어 먹고 야간 작업 하니 기분이 어때?"

영수는 입이 딱 벌어졌다. 진짜 어지간한 노하우가 아니었다. 헬기가 한 대밖에 오지 않은 것만 보고도 여단 인원이 먹기에 형편없이 부족하다는 것을 알고, 쥐만큼 먹고 소만큼 일하게 된다는 것도 예상했다. 그러곤 순발력 있게 '일레우스(장폐색)' 환자라는 거짓말로 꾀병을 써 조퇴해버렸다. 남들은 사과 몇 입 뜯어 먹고 비싼 대가를 치를 때 그는 따뜻한 숙소에 누워 단잠을 잔 것이다. 아마 속으로 "저런 멍청이들, 잘들 논다." 하고 낄낄 댔을 것이다.

들어 온지 10분도 안 돼 더러는 코를 골기 시작했다. 영수도 곧 잠에 빠져들었다.

그때 별안간 문이 벌컥 열리며 소대장이 소리쳤다.

"기상!"

눈바람이 안으로 확 들이쳤다.

"사고 났다, 사고!"

갑자기 사고는 웬 사고. 금방 잠들었던 사람들이 얼떨떨한 정신에 일어나 앉았다.

"날래 나오라우. 사람이 묻혔다고, 사람이."

"아니, 누가 어디 묻혔다는 거요?"

부소대장이 벌떡 일어나며 물었다.

"용일이가 흙더미에 묻혔다구."

영수는 잠이 싹 가셨다. 꼬맹이가 흙구덩이에 묻혔다고? 마른 흙을 채취하던 구덩이가 무너진 것이 분명했다. 마른 흙을 얻자면 언 층 아래 얼지 않은 부분을 갱도처럼 파 들어갈 수밖에 없다. 상부에선 위험하다고 하지 말라지만 작업량을 채우라는 독촉이 듣기 싫어 요행수를 바라고 계속 파 들어간다. 그러다 어느 순간 무너지면 죽는다. 이미 그런 사고가 한 번 있었는데 또 사고가 발생한 것이다. 노반에서 작업이 끝날 때 흙 채취장에도 작업 종료 지시가 내려졌다. 그런데 그 순간 구덩이가 무너졌다.

모두 흙구덩이 무너진 곳에 정신없이 뛰어갔다. 횃불을 들고 삽, 곡괭이, 지렛대, 밧줄, 구조에 필요한 건 다 들고 뛰었다.

사고 현장은 참혹했다. 직경 1미터가 넘는 거목이 넘어져 있었다. 그 밑을 파고 들어가 흙을 채취한 모양이었다. 위험한 줄 알면서도 설마하고 계속 파내다가 일이 터졌을 것이다.

키가 큰 사람은 구덩이 안에서 삽질이 힘들어 주로 몸집 작은 용일이가 들어가 일하다 깔리고 말았다.

"나무부터 치워라!"

중대장이 소리쳤다. 대원들이 우르르 나무에 달라붙었다.

"영차! 하나 둘, 어이싸!"

하지만 거목은 움쩍도 안 했다.

"야, 어디 밧줄 없어? 뿌리 쪽에 밧줄 걸어 당겨라."

중대장이 다시 소리쳤다. 이번엔 밧줄을 걸고 사람이 다닥다닥 매달렸다.

"어영차! 어이싸!"

움찔하며 나무 밑둥이가 끌려 나오기 시작했다.

"좋다! 좀 더 힘쓰자. 하나 둘."

그 찰나 끌려 나오던 나무가 저절로 빙 돌며 밧줄에 매달린 사람들을 언덕 아래로 던져버렸다. 무거운 밑 부분만 당기니 가벼운 위쪽을 축으로 나무가 자체 무게로 내리막을 향해 회전한 것이다. 언덕 아래 던져진 사람들이 "아이고, 아이고" 하는 소리가 났다. 다행히 크게 다친 사람은 없었다.

어찌됐든 나무는 치워졌다. 이제 구덩이를 뒤져 묻힌 사람을 찾아야 한다. 소대장이 삽을 들고 무너진 구덩이 속을 뛰어들어 뒤졌다. 모두 숨죽이고 지켜봤다. 그런데 아무리 뒤져도 흙밖에 나오지 않았다. 안에 깔린 건 분명한데 귀신이 장난하는 것도 아니고 도대체 찾을 수 없었다.

"용일이가 진짜 이 안에 있긴 있었어?"

중대장이 용일이와 함께 일한 대원들에게 물었다.

"예. 분명 마지막에 있었다니까요."

"거참 이상하네."

모두 도깨비한테 홀린 듯 멍하니 구덩이만 들여다봤다. 갑자기 진호가 "앗, 저기!" 하고 비명을 질렀다.

"저, 저거 나무뿌리에 걸린 거! 사, 사람이다!"

일시에 시선이 진호가 가리키는 곳을 향했다. 저쯤 굴러가 허공에 쳐들린 굵직한 뿌리 끝에 검은 형체가 매달려 있었다. 용일

잔혹한 선물

이었다. 구덩이가 무너질 때 뿌리가 용일이 등에 박혀 가슴을 관통한 것이다. 그 뿌리에 시신이 박힌 채 나무가 회전할 때 허공에 쳐들린 것이다. 소름끼치는 광경에 모두 부르르 떨었다. 선뜻 다가가려는 사람이 없었다.

"아, 뭣들 해!"

먼저 정신 차린 중대장이 소리쳤다.

영수와 진호가 나서서 시신을 수습했다. 턱이 덜덜 떨리고 등골에 식은땀이 흘렀다. 나무뿌리에서 뽑아낸 용일이 시신 가슴 한가운데 구멍이 휑한 것이 보였다.

다음 날 대대 전체가 작업을 중단하고 온종일 사고 방지 교육과 사상 검토를 받았다.

용일이 유품은 허름한 군대 배낭과 나무로 된 트렁크였다. 배낭엔 세면도구와 허름한 옷가지밖에 없고 트렁크에는 밤알만 한 자물쇠를 채웠는데 그걸 펜치로 뜯어냈다. 안에 얇은 핑크빛 나일론 천과 양복천, 그리고 수첩이 있었다. 영수는 용일이가 왜 이런 걸 간수하고 있었는지 의아했다. 다른 사람들 같으면 장마당에 내다 팔아 주린 배를 채운 지 오래였겠는데 고이 간수하고 지킨 것이다.

수첩을 펼쳤다. 맞춤법이 틀린 삐뚤삐뚤한 글씨였다.

…… 돌격대 온 지 벌써 반연이 지낫다. 누나가 정말 보기 싶다. 누나는 평양 돌격대서 배 골치 안는지 모르겠다. 나두 배고프지만 누나라두 잘 먹어야 되는데. 그래두 평양은 먹을기 조꼼 나찌 안으까. 나는 누나가 보기 시프면 이러케 글으 쓴다. 누나한데 편지 보내구 싶어두 안하는 거는 내가 국어를 틀리게 쓴 거 누나 동무들이 보구 내가 공부 못햇다구 슝 볼가바 안쓴다. 집이 너무 못살아서 소학교 2학년까지 댕긴 게 챙피하다. 사람들이 날 업신여길까바 돌격대 사람들에겐 중학교 졸업햇다구 거짓말 햇는데 언제 들킬지 모르겟다. 우리는 어째 좀 잘 살지 못햇으까. 아부지 엄마 먹지못해 죽은 거처럼 나두 그럴까바 무섭다. 그래두 나는 누나 시집가는 거 봣으면 조켓다. 누나가 평양남자 친해 시집가문 조켓다. 근데 시집 갈 준비 아무거두 못해서 어쯔까. 그래서 내 암만 배고파두 뭐 사먹지 안코 이래저래 돈 맹글어 누나 시집갈때 해입을 한복천도 삿고 매부될 남자 양복감 한 개도 사낫다. 이 돌격대 끝날 때까지 버텨서 큰 선물 받으면 그거두 팔아서 또 누나 시집갈 준비보태야지. 나는 힘들 때마다 트렁크 열고 누나 옷감 보면 힘이 난다. ……

영수는 그만 눈앞이 흐려져 더 읽지 못했다.

아, 불쌍한 용일이. 사과 몇 조각 뜯어 먹고 입맛을 다시던 꼬

잔혹한 선물

맹이. 이럴 줄 알았으면 내 몫을 다 주었을걸. 고놈의 선물인지 뭔지 고게 원수다.

밖에서 또 방송차가 고아대기 시작했다.

"에이 쌍!"

영수의 벌건 눈이 창밖을 향했다.

진호는 그 입에서 무슨 말이 튀어나올지 몰라 불안해 주시했다.

꼬리 없는 소

흠, 따지고 들면 지들이 백배는 더 못된 짓 했지. 이 핑계 저 핑계 대고 잡아먹은 소가 몇 마리야. 코도 꿰기 전의 말랑말랑한 중송아지들이며 벼락도 맞지 않은 소를 벼락 맞아 죽었다고 먹어치우고, 진짜로 당의 농업전선에 해독 행위를 한 건 다 한자리 차지한 놈들이 아닌가.

꼬리 없는 소

용우는 어머니가 깨우는 소리를 못 들은 척 움쩍도 안 했다.

"힘들어두 얼른 일어나려무나. 그만 일어나래두 저런다."

"아, 몇 신데 그래요?"

"6시 다 됐다. 벌써 저어기 최 아바이 일 나가는 게 보인다."

"에이 씨, 5분만 더 자구."

용우는 꼬리 사린 개 모양으로 사타구니에 이불을 끼우며 돌아누웠다. 그러는 아들이 안쓰러워 어머니는 한숨을 지었다. 에이그, 얼마나 힘들면 이럴까. 소 대신 사람이 끄는 인가대기로 밭을 가느라 어깨가 퉁퉁 부어오른 것이 마음 아팠다. 변변히 먹지도 못하고 힘든 일만 돌아가며 도맡아 하는 아들이었다.

뜨락또르(트랙터)는 파철 덩어리가 되고, 부림소도 씨가 말랐다. 도둑이 끌어가고 곰이 달려들어 때려 죽이고, 일하다 지쳐 죽고, 간부들이 잡아먹고, 이래저래 다 없어졌다. 보름 전까지 살아 있던 마지막 한 마리는 철길에 들어섰다 기차에 치여 죽었다.

농기계작업소에서 보낸 뜨락또르는 딱 하루 1작업반 포전만 갈아주고 가버렸다. 리 소재지인 1작업반은 관리위원회 간부들이 사는 동네다. 비료도 거기가 먼저, 농기계도 거기가 먼저, 뭐든 우선권이다. 1작업반엔 아직 소도 몇 마리 있다. 적어도 용우네 4작업반처럼 사람이 가대기를 끌진 않는다. 용우네 작업반은 인력도 변변치 않다. 리에 과부가 많아 과부촌이라고 불릴 정도다. 그중에도 용우네 동네는 더하다. 주민의 90프로가 평양에서 추방된 사람들이다. 남편들이 잡혀가거나 처형되고 연좌제로 이 산간 오지에 쫓겨 왔다. 간혹 남편들이 형기를 마치고 돌아와도 감옥에서 얻은 병과 영양실조를 극복하지 못하고 죽었다. 남자 인력이 귀할 수밖에 없다. 군복무를 마치고 돌아온 젊은 용우만 없으면 가대기를 끌 사람이 없다. 동네에 사는 남자라곤 죄다 앓거나 늙었고 너무 어리다. 용우가 유일한 인간 소, 꼬리 없는 소다. 하루 이틀도 아니고 매일 황소 노릇하자니 힘들 건 뻔하다.

"애, 아무래두 나갈 가면 일찍 나가야지 괜히 군소리 들을 필요 있냐. 방이 따뜻하니까 더 일어나기 싫은 게구나."

어머니가 출입문을 활짝 열었다. 찬바람이 휙 방 안으로 쓸어

잔혹한 선물

들었다. 며칠 지나면 당장 5월인데도 고원 지대의 새벽은 쌀쌀했다.

"아으, 추워! 아, 엄마, 문은 왜 열어요?"

용우가 아부재기를 치며 이불을 뒤집어썼다. 어머니가 이불을 잡아 벗겼다.

"네가 나가 먼저 일손 잡아야 다른 사람들두 일을 시작하지."

"아, 진짜. 엄마!"

용우는 투덜대면서도 하는 수 없이 일어나 구석에 벗어놓은 옷을 주섬주섬 입었다.

"저거 봐라. 정옥이 에미두 나가구 있구나."

"그럼 먼저 나간 사람이 가대기 끌면 되지. 나만 끌어야 된다는 법 있어요?"

"그거 말이라구 하니. 거기 누가 가대기 끌 만한 사람 있니?"

"왜요. 박 아바이가 끌면 되지. 아님 정옥이 엄마가 끌든가."

"그건 대체 무슨 심술이니? 박 영감이 어디서 힘이 나겠니? 뒤에서 보잡이 하는 것만두 대단하지. 글구 정옥이 에미가 어떻게 가대기를 끄니?"

어머니가 기막혀 혀를 끌끌 찼다.

"근데 엄마. 박 아바이 딸이 어디서 죽지는 않았겠죠?"

"글쎄. 죽기야 죽었겠냐만 중국이든 남조선이든 갔겠지. 저 영감이 무슨 일만 시키면 두덜거리는 데 선수더니 요즘 고분고분한 건 딸 때문에 괜히 트집 잡힐까 눈치 보여 그러는 거다."

"하여간 요즘 세월엔 도망치는 게 추세인지 나라에서두 골치 아프겠어요."

박 영감 딸이 종적을 감춘 건 석 달 전이다. 가을에 거둬들인 양식이 양력설을 쇠자마자 떨어지자 박 영감 딸은 남의 집 식모 자리라도 얻는다며 도시로 떠났다. 아버지에겐 어디서 얻었는지 한 달 먹을 수 있을 정도의 보리쌀과 감자를 두고 갔다. 하지만 그 후 감감무소식이다. 대개 이쯤 되면 두만강을 건너갔다고 여기는 것이 통념이 된 지 오래다. 먹을 것이 떨어져 어디건 구하러 가겠다고 나서면 간부들도 막을 도리가 없다. 담당 보위부원이나 보안원이 시비를 걸면 "굶어 죽으면 책임질 수 있습니까? 죽으면 미국 놈들이 좋아하라고요? 살아야 사회주의도 지키지, 시체가 지키겠습니까." 하고 대답질을 했다. 아예 허락받고 말고 할 것도 없이 야반도주하듯 그냥 떠나는 사람이 많았다. 하지만 열에 두세 명 꼴로 돌아오지 않았다. 타지에서 사고로 죽지 않았다면 대개는 국경을 넘어갔다. 20여 호밖에 안 되는 용우네 동네만도 행방불명자가 다섯 명이나 된다. 그중 두 명은 남조선에 간 것으로 알려졌다. 농장 전체가 과부촌이다 보니 행불자 대부분은 여성이다. 국경을 넘어가면 인신매매꾼들에게 팔려가 노총각이나 장애

인이나 홀아비에게 강제로 시집간다는 것쯤은 누구나 아는 사실
이다. 문제는 그렇게 될 것을 알면서도, 심지어 자기를 팔아달라
면서까지 국경을 넘는 것이다. 어쩌면 박 영감의 딸도 그런 경우
일지 모른다.

"엄마, 혹시 박 영감 딸이 중국에서 자리 잡고 아버지를 데려
가지 않을까요?"

"남의 나라에서 제 몸 하나 건사하기도 힘들 게다."

"그래두 저 앞집에 살던 순희는 가족 다 데려갔잖아요?"

"그거야 남조선에 갔으니까 그런 거지."

"아, 맞다. 남조선으로 도주했다구 담당 보위원하구 보안원이
추궁받았단 소리가 있었죠."

"먼저 간 남철이네 때문에도 그랬는데 순희까지 갔으니 욕먹
을 수밖에 있냐. 이 동네서 한 명만 더 남조선 갔다는 소리가 나
면 쫓겨날 판이라더라."

"난 그놈들 콱 쫓겨나 옷 벗는 꼴 좀 봤으면 좋겠어요. 노는 꼴
보면 밉살스러워서."

"얘, 그런 말 하지 마라. 귀에 들어가면 어쩔려구. 쓸데없는
소리 말구 날래 일 나가거라."

이윽고 용우는 문밖을 나섰다. 까마귀가 아침부터 까욱까욱
재수 없게 울어댔다.

"에이 쌍"

퉤! 침을 뱉곤 걷다가 길옆에 선 전봇대에 오줌을 싸댔다. 오줌발에서 김이 피어올랐다. 저쯤 뒤에서 여자들이 일을 나오고 있었다. 보겠으면 보라는 듯 상관하지 않았다.

어제까지 일하던 밭에 이르자 먼저 나온 박 영감이 가대기를 깔고 앉아 담배를 피우고 있었다.

"아바인 힘들지 않아요? 참 빨리두 나왔네."

"야, 이놈아, 그게 인사야 뭐야?"

박 영감이 입을 쩝 다셨다.

"근데 너 왜 빈 몸이야. 구호판은 안 가져오냐?"

아차! 구호판을 들고 나온다는 것을 깜빡했다. '혁명적 군인정신으로 살며 일하자!'는 구호가 적힌 나무 판대기를 당세포위원장이 용우에게 날마다 들고 나와 일하기 전 포전에 설치하라고 특별 과업을 준 것이다. 위에서 간부들이 내려와 봐도 작업반에 전투적 분위기가 서 있다는 느낌을 받게 하려는 의도였다. 그 일이 용우에게 맡겨진 데는 사연이 있었다. 사실 용우는 군복무를 마쳤으나 노동당에 입당하지 못한 채 돌아왔다. 열일곱 살에 군대에 나가 꼬박 10년을 보내고도 입당을 못 했으니 창피하고 불만이 클 수밖에 없었다. 그가 제대되어 오자 농장 간부들은 건장한 노동력이 한 명 생겼다고 좋아했다. 하지만 용우는 착실히 일

잔혹한 선물

할 궁리를 하기보단 빈둥거리기 시작했다. 군복을 입은 채로 전국 각지를 싸다니며 군인 행세를 했다. 타 지방에 사는 전우들도 찾아가고 복무하던 부대에도 여러 번 찾아갔다. 갔다가 빈손으로 돌아오는 경우는 별로 없었다. 쌀이든 뭐든 얻어가지고 왔다. 그러곤 그것으로 술을 바꿔 마시며 다 없어질 때까지 놀기만 했다. 농장 간부들이 일하러 나오라면 마지못해 듣는 척하다가 며칠 지나면 허락도 받지 않고 또 어디론가 떠났다. 담당 보안원이 불러다 놓고 으름장을 놓아도 그때뿐이었다. 노동단련대에 잡아 넣겠다고 서류까지 작성한 것을 어머니가 사정사정하여 겨우 무마한 적도 있었다. 작업반 기둥 역할을 단단히 할 것으로 기대했는데 오히려 골칫덩어리였다. 이쯤 되자 리당위원장이 직접 그를 만났다. 사람 속을 잘 짚어내는 데 능구렁이로 알려진 리당위원장은 그의 행동이 당원이 되지 못하고 제대된 데서 비롯된 것임을 간파했다. 리당위원장은 용우와 손가락을 걸고 약속했다.

"이제부터 리당 조직을 믿고 한 해 동안만 잘해보기요. 그래서 입당해야지. 아, 동무야 만기 군사복무를 했지. 이제 당원만 되면 대학에도 가고, 앞으로 크게 발전할 수 있을 텐데 어떻소? 우리 약속하기요."

그렇게 헤어지고 난 다음 날엔 작업반 당세포위원장이 집으로 찾아왔다.

"내 동무한테 따로 과업을 하나 주자고 하오. 듣자니까 군대 때 붓글씨도 좀 쓰고 그림도 그려 벽보를 만들어봤다던데 구호판 몇 개 좀 만들 수 있겠지?"

"그냥 좀 끄적거려본 수준인걸요."

용우는 부담스러워졌다.

"겸손한 척하지 말구 내가 시키는 대로 하면 손해가 없으니까 한번 잘 만들어보오. 이런 게 다 사상 선전 사업에 기여하는 일이지. 동무야 앞으로 전망을 봐서도 소처럼 일만 잘해 되겠소? 아 참, 거 이력서에 보니 동무한테 군대 때 청년동맹 사업 경험도 있더구만."

당세포위원장은 다 알조가 있다는 듯 미묘한 웃음을 지으며 어깨를 툭툭 쳐주고 사라졌다. 용우는 직감적으로 세포위원장이 리당위원장한테서 무슨 얘기를 들었구나 하고 느꼈다.

그날 이후 용우의 생활 태도가 달라지기 시작했다. 당장 바꿔 입을 옷이 없어 군복은 입고 지냈지만 계급장과 모표는 달지 않았다. 집이 가난한 것도 이젠 참아낼 것 같았다. 그까짓 출세만 한다면야 잘사는 건 문제도 아니지. 이제부터 군사복무 시절처럼 한 1년 죽었소 하고 잘해보자.

용우는 '혁명적 군인정신으로 살며 일하자!'라고 된 구호판을 만들었다. 당에서 내놓은 구호지만 자기에게 꼭 어울린다고 여겨져 골랐다. 당세포위원장은 잘 만들었다고 좋아하며 이왕이면 아예 구호판 관리를 맡아 매일 들고 나가 포전에 세우라고 했다. 귀찮긴 하지만 군대 때 경험으로 봐서 그런 사소한 일들이 쌓여 입당에 도움이 된다는 것을 알고 있었다.

이후 용우는 일하는 시간에는 부림소가 되고, 출퇴근 시간엔 걸어 다니는 구호판이 되었다. 그런데 어찌된 영문인지 1년이 다 되도록 그 노릇을 했는데도 리당에선 아무 기미가 없다.

그동안 농장 청년동맹 초급 간부라도 시킬 줄 알았는데 그것도 아니다. 가만 보니 그 자리는 남자에게 줄 처지가 아닌 것 같았다. 청년동맹원은 거의 여자들이고 가물에 콩 나듯 드문드문 보이는 남자는 장애인이나 환자뿐이다. 말이 청년동맹이지 실은 여맹이나 다를 바 없다. 거기다 뒤에서 입방아를 찧기도 했다. 사지가 멀쩡한 용우한테 청년동맹 간부를 맡기면 종자 수탉 같은 놈이 마을 처녀고 과부고 그냥 놔둘 리 없지 하고 혈압 터질 소리를 해댔다. 그걸 해명한답시고 따지기도 그렇고, 그래봤자 여자들 말밥에나 더 오르내릴 것이 뻔해 못 들은 척하고 지냈지만 속은 부글부글했다.

암만 생각해도 한 해 동안 멍청하게 속은 것 같아 부아가 치밀었다. 온전히 먹지도 못하고 어깨에 황소 목덜미처럼 굳은살이 박일 정도로 가대기를 끌고 구호판을 메 나르고 힘든 일이란 힘든 일은 다 도맡아 했다. 이것들이 누굴 바보로 아는 거야? 어디 얼마나 사람을 더 놀려먹을 셈인지 조금만 더 두고 보자.

용우는 손바닥에 침을 뱉으며 가대기 끈을 잡아 어깨에 멨다.

"아바이, 일이나 합시다. 그까짓, 오늘 하루 구호판 없다고 큰일 나겠어요?"

"반장이나 세포위원장이 알면 또 뭐라구 할 건데?"

"하겠으면 하라지요. 가뜩이나 힘들어 죽겠는데 그것까지."

용우가 몸을 숙이며 끙! 하고 힘을 쓰자 가대기가 끌리고 보를 잡은 박 영감의 가랑이 사이로 흙이 갈리며 이랑을 지었다. 얼마 지나지 않아 잔등에 땀이 나고 벌써 아래다리가 뻐근해졌다. 이래서야 넓은 밭을 어느 세월에 다 갈아엎을지. 벌써 이렇게 열흘이나 가대기를 끌었다. 용우 혼자 가대기를 끌어 작업반 밭을 다 갈자면 한 달이 걸릴지도 모를 일이다. 그러다 파종 기일을 넘기면 올해 농사를 또 망칠 판이다. 하기야 20년이 넘도록 풍년이 들어본 적 없다. 뜨락또르와 부림소들이 남아 있을 때도 흉년을 면치 못했는데 인가대기로 풍년을 기대하는 건 허망한 노릇이다. 그래도 땅을 비워둘 수는 없다. 어쨌든 땅에 종자는 묻어놔야 가을에 쭉정이라도 입에 넣을 수 있다.

한 시간쯤 일하고 나니 쌀쌀하던 냉기가 사라지고 햇살이 따스하게 퍼졌다. 용우의 배에서 쪼르륵 소리가 났다. 밭머리에 가대기를 벗어놓고 앉았다. 저쪽 길모퉁이로 어머니가 용우가 먹을 아침밥을 들고 나오는 것이 보였다. 집이 엎드리면 코 닿을 거리이지만 어머니는 아들의 수고를 덜어주려고 매일 아침밥을 싸들고 나왔다. 다른 이들은 다 집에 들어가 먹었다. 식사래야 풀죽으로 끼니를 에우는 정도여서 싸들고 나올 형편이 못 되었다. 그나마 용우는 강냉이쌀에 감자를 섞은 밥이라도 먹을 수 있게 작업반에서 별도로 주는 것이 있다. 소도 배가 불러야 힘을 쓰는 법이다. 아무리 형편이 어려워도 부림소 대신 꼬리 없는 소가 되어 가대기를 끄는 용우에게만 하는 특별 공급이다. 그걸 아니꼽게 여기는 이들도 있지만 용우를 대신해 가대기를 끌 수는 없는 처지여서 대놓고 말은 못 한다.

작업 상황을 돌아보던 당세포위원장이 밥을 다 먹고 담배를 피워 물고 앉아 쉬는 용우에게 어슬렁어슬렁 다가왔다.

"수고하누만. 식전에 많이두 갈아엎었군. 아무튼 힘이 세단 말야."

용우에겐 이런 칭찬이 더 등가죽을 벗기겠다는 소리로 들렸다.

"이젠 저도 지쳐서 못하겠습니다. 언제까지 이따위 식으로……."

"아따 이런, 말하는 것 좀 봐. 조금만 더 견디게. 동무 자신을 위해서도 그렇구. 나두 다 생각이 있으니까."

이건 입당을 두고 하는 소리다. 지금까지 이런 식으로 사람을 얼려먹었다고 생각하니 속이 불끈했다.

"그런 말 이젠 듣기두 싫습니다. 생각은 무슨 얼어 죽을⋯⋯."

"어허, 이 사람이 또 또⋯⋯."

작업반장이 당황해 말을 더듬었다.

"아침밥 먹고 체했나? 거 사람두 참. 다 동무를 위해 하는 소리데."

"제가 어디 틀린 말 했나요? 자그만치 1년 동안 쇠새끼 노릇 했는데 그만하면 됐지. 그 잘난 것 하나 바라고 이러다간 사람 죽 갔시오."

"뭐? 그 잘난 거? 지금 뭘 두고 하는 허튼소리야?"

아차! 용우는 그만 말실수한 것을 깨달았다. 얼결에 당원증을 그 잘난 것이라고 내뱉은 꼴이다.

"어이, 혀때기 똑바로 놀려야지. 짧은 혀 때문에 긴 목이 날아 가고 싶어? 이거 한동안 제정신이 돌아온 줄 알았더니 아직 멀었군."

"아니, 왜요? 한 해만 잘하면 어쩌구저쩌구 했던 약속 안 지키 니까 하는 말인데."

"흥, 그래도 겁은 나는 게지. 말 둘러치는 재주도 있구. 앞으

잔혹한 선물

론 발언 좀 심중하게 하라우."

다행히 그냥 넘어가는 것 같아 용우는 가늘게 한숨이 나왔다.

"가만, 근데 구호판이 왜 보이지 않나?"

"아침에 급히 나오다 보니 깜빡했지 말입니다."

"아니, 매일 들고 나오던 걸 깜빡해? 다 잘하다가 이러니까 공든 탑이 무너진단 말이야. 느긋하게 기다리면서 이런 게 다 검토 기간이라 생각하고 실수가 없어야지 그래갖고 되겠어?"

"거 뭐 지금이라두 집에 들어가 들고 나오면 되죠."

"아아, 오늘은 됐고, 내일부턴 잊지 말고 들고 나오라구."

세포위원장은 용우 어깨를 툭툭 쳐주고는 딴 곳으로 발길을 돌렸다. 뒷짐을 지고 어슬렁어슬렁 걸어가는 꼴이 눈에 거슬린다.

"늙은 너구리 같은 것. 괜히 쏘다니며 재수 없이."

용우가 군 복무 기간 입당을 못 한 건 도둑질 때문이었다. 그것도 김정일이 현지지도하고 간 부대에서 전군의 모범으로 꾸린 염소 목장을 턴 것이다. 전군에 내려진 최고 사령관 명령으로 용우네 부대도 염소 목장을 꾸렸지만 종자 염소를 얻지 못해 골머리를 앓던 중이었다. 그런 기회에 새끼 염소를 얻어다 지휘관들을 기쁘게 해주면 그 공적이 입당하는 데 도움이 될 수 있었다. 돈으로 사 오든 도둑질을 해 오든 부대에선 상관하지 않았다. 분대장이었던 용우는 야심한 밤에 분대원들을 깨워 염소 습격을 내보냈다. 이른 새벽이 돼서야 나타난 분대원들이 여러 마리의 새끼 염소들을 가지고 왔다. 눈덩이처럼 하얗고 귀여운 새끼 염소들을 보자 부대 군관들은 입을 다물 줄 모르고 좋아했다.

하지만 하필이면 김정일이 다녀간 부대 목장을 습격했을 줄은 몰랐다. 인민군 총정치국과 보위사령부에까지 사건이 보고되고 수사가 붙어 이틀도 안 걸려 발각되고 말았다. 다른 곳도 아니고 현지지도 단위의 염소를 훔쳐왔으니 무사할 리 없었다. 단순한 절도가 아니라 정치적인 문제로 취급됐다. 결국 분대원들은 잡혀가고 용우는 계급장에 줄이 하나도 없는 제일 마지막 졸병으로 강등되고 말았다. 그나마도 천만다행이었다. 그가 직접 현지지도 단위를 목표로 시킨 것은 아니고 또 제 손으로 직접 훔치지는 않았다는 점이 참작돼 그 정도에 그쳤다. 그렇지만 입당은 더 바랄 형편이 못 됐다. 남보다 먼저 하겠다고 욕심을 부린 것이 가만있기보다 못한 결과를 낳았던 것이다.

용우는 입당을 책임지겠다고 철석같이 약속했던 리당위원장이 여태 아무 기미도 보이지 않는 이유가 그 일 때문일 것 같다는 생각이 들었다. 뒤꼬리에 시키면 딱지가 붙어 있는데 쉽게 될 리 없다. 거기다 세상이 이상하게 변해버려 뇌물이 없으면 아무리 일을 잘해도 입당하기 어렵다. 간부들이 입당을 미끼로 노골적으로 뇌물을 받아먹는 행위가 성행한 지 오래다.

혹시 때가 되었으니 뇌물이라도 들고 찾아오라는 건가. 용우
는 헛웃음이 나갔다. 소 노릇을 한 대가로 겨우 강낭쌀에 감자를
섞어 먹는 처지에 뇌물이라니 당치도 않다. 요즘 세월에 입당은
해서 뭘 해? 재산이 많으면 되지. 문득 군복무 시절 전우가 하던
말이 떠올랐다. 그는 제대되어 청진에 있는 제철소에 다니고 있
었다. 하지만 생산이 정상화되지 않아 출근은 하지 않고 나진 선
봉에 드나들며 중국 상품 장사를 했다. 돈만 있으면 입당도 직업
도 승진도 다 해결된다는 생각이 신조로 굳어 있는 친구였다. 그
는 군복무 기간에 입당했고 도시 출신이기 때문에 용우와는 처지
가 다르지만 냉철하게 세상을 보면 그가 하는 말이 틀린 것도 아
니었다. 요즘 들어 점점 일할 의욕이 떨어지고 불평불만이 다시
입에서 나오는 건 그에게서 받은 영향이 고개를 쳐든 탓인지도
몰랐다.

오후 작업 시간이 되자 박 영감이 밭에 들어서는 것이 보였
다. 그런데 식사를 한 건지 못 한 건지 걸어오는 모양이 힘이 없
다. 딸이 행방불명되고 혼자 지내니 굶어도 본인이 말하지 않으
면 알 수 없다. 밭에 당도하자 풀썩 주저앉는 기색을 보니 굶은
기색이 역력했다.

"아바이, 왜 그리 힘이 없어요? 혹시 집에 들어가 먹을 게 없

어 그냥 누웠다 나온 건 아니지요?"

"굶긴. 먹었어."

"딱 보니까 굶은 것 같은데요?"

"먹었다고. 시끄럽게스리 말이 많아."

박 영감이 짜증을 냈다. 용우는 괜히 미안해졌다. 자기는 밥이라고 생긴 것을 먹었지만 박 영감은 먹었다 해도 풀죽이나 한 공기 먹었을지. 그나저나 오늘 과제를 다 하자면 다그쳐도 어둡기 전에 해내기 어려울 것 같다. 두 사람이 곧 작업을 시작했다.

용우는 박 영감을 생각해 일부러 가대기를 천천히 끌었다. 그런데 이상하게 빨리 끌 때처럼 힘이 들어가는 정도가 마찬가지였다. 왜 이러지? 돌아보니 어이없게도 박 영감이 보습을 깊이 박고 있었다. 일부러 자기를 생각해 천천히 끌어주는데도 심술이 따로 없다.

"아, 아바이! 보습을 왜 그리 깊게 박아요?"

"이게 뭐이 깊어?"

"일부러 보습을 더 깊이 박네."

"땅을 깊이 째지 않으면 씨가 제대로 붙겠냐?"

"에이 씨!"

용우는 그만 가대기 끈을 와락 벗어 던졌다.

"이 영감태기가 자길 생각해 살살 끌어주니까 누굴 쇠새끼 줄 아나?"

"무스기? 영감태기? 이놈이 버르장머리 없이."

박 영감도 보탑을 확 집어던지며 화를 냈다.

"나 혼자 심어 먹자고 그러냐? 농사일하려면 제대로 해야지. 힘들다구 밭을 대충대충 얕게 갈자는 거냐?"

"이제까지 하던 대로 하면 되지 갑자기 뭘 깊게 갈구 얕게 갈구 하면서 시비예요?"

"내 그러지 않아도 한 번 말하려 했지만 내 처지도 있고 해서 참았더니 안 되겠구나. 네 눈엔 저 뒤에서 여자들이 괭이질로 두 벌 손질을 해가며 이랑 잡는 게 안 보여? 그래두 혼자 힘들게 가대기를 끈다구 모두 미안해서 가만있는 줄 모르구 말이야. 젊은 놈이 벌써부터 그렇게 건성건성 농사질 배워 어쩌자구 그래?"

"하하, 이거 웃기누만. 그렇게 잘하면 아바이가 가대길 끌든 가."

두 사람의 언성이 높아지자 농장원들이 일손을 멈추고 왜 그러나 싶어 목을 빼들고 이쪽을 바라봤다. 사람들의 시선을 의식한 박 영감이 일부러 더 고아대기 시작했다.

"야, 이놈아, 남들은 풀죽두 없어 굶는 걸 알면서두 도대체 양심 있어? 농장에서 특별히 먹을 걸 줬으면 잘 해야지."

그 말에 그만 용우가 왈칵했다.

"뭐야! 이 더럽게 늙은 두상태기!"

박 영감도 이성을 잃었다.

"이런 개새끼, 뭐 어쩌구 어째!"

둘이 마주 붙어 멱살을 잡았다. 키 작은 박 영감은 멱살을 잡은 것이 아니라 동동 매달린 모양새다. 농장원들이 몰려왔다.

아낙네들이 둘 사이에 끼어들어 겨우 떼어냈다.

"그렇게 꼴리면 영감이 강냉이 꽉 타 먹고 가대길 끌란 말이야."

"그래. 이놈아 끌라면 못 끌 줄 알아?"

"잘됐네. 그럼 가대기 얼른 끌라구요. 내가 보잡이 할 테니까."

"그래. 끈다, 이놈아."

박 영감이 오기를 부리며 가대기 끈을 어깨에 걸었다. 모두 그걸 늙은이가 어떻게 끄느냐고 말리지만 자존심을 세웠다.

하지만 겨우 두세 걸음 정도 끌더니 제자리에 멈춰 끙끙거렸다. 그러자 보잡이가 된 용우가 "아, 뭐해요?" 하고 소리쳤다. 거기다 더해 보복하느라 보습을 우악스레 깊이 박았다. 그 눈치를 알고도 박 영감은 제가 한 소리도 있어 그냥 모지름을 쓰다가 그만 지친 소처럼 거꾸러졌다.

"아이고, 그렇게 똥자루처럼 맥도 없는 주제에."

"뭐 똥자루? 이런 쌍!"

박 영감이 와락 흙을 쥐어 뿌렸다.

"허억!"

용우가 얼굴을 싸쥐었다. 눈에 흙이 들어간 건지 용우는 눈을 비비고 악에 받쳐 박 영감을 걷어차고 멱살을 쥐어 비틀었다.

"이 늙다리, 오늘 너 죽고 나 죽는다."

당황한 사람들이 우르르 달려들어 양쪽을 뜯어 붙잡고 돌아갔다. 이때 별안간 따르릉! 따르릉! 하는 자전거 종소리가 들렸다. 관할 구역을 돌아보던 담당 보안원이 다가오고 있었다.

"어이, 무슨 난리야?"

보안원이 눈알을 굴리며 물었다. 용우가 금세 풀이 죽었다.

"일하다 좀 다쳤습니다."

"좀 다쳤는데 영감 무릎이 저리 벗겨졌단 말이야?"

"그건 아바이 절루 넘어져……."

"저절로? 아하, 이 새끼 이거 좋게 말해선 안 되겠다."

보안원이 박 영감에게 얼굴을 돌렸다.

"영감, 이거 어떻게 된 일이오?"

"난 이눔하곤 일 같이 못하겠수다. 이 쇠새끼 같은 놈이……."

박 영감이 엉거주춤 나서며 자초지종 일러바쳤다.

"용우, 이 새끼, 또 버릇이 도졌구나. 사람질 좀 하는가 했더니……."

"아, 보안원 동지. 잘 알지도 못하면서 아바이 편만 들지 마요."

"뭐야? 편을 들어? 이 자식, 보자보자 하니까. 야. 너 그래 갖구 입당하겠다고? 꿈두 꾸지 마, 새꺄. 될 것 같으면 군대 때 했지. 도둑질이나 배우고 온 주제에."

"뭐요? 말 다 했어요?"

용우가 또 이성을 잃었다.

"아따, 이 새끼 봐라. 콩밥 먹고 싶어 환장했구나."

"마음대로 해요. 콩밥이라도 좀 배 터지게 먹게."

"오, 그래? 인마 요즘은 감방에 콩밥두 없어. 그럴 것 없이 노동단련대 좀 갔다 올래?"

"단련대건 빵이든 보낼 테면 보내란 말입니다. 무섭지 않습니다."

"진짜지?"

"예, 보내라요. 갔다가 나오는 날이면 나두 다 알조가 있다고요."

"알조? 뭐 어쩔 셈인데?"

"여기서 두만강이 지척인데."

"두만강? 아니 이 새끼가……."

갑자기 보안원이 당황했다.

"나두 뛸지 모른다구요. 숱한 사람들이 뛰었는데 나만 못 뛴
단 법이라도 있어요?"

"오오, 그래? 콱 도망쳐라, 도망쳐."

"흥, 내가 가면 그냥 가나? 중앙당에다 담당 보안원이 못살게
굴어 숱한 사람들이 두만강 건너 달아났다고 편지 올리고 가지."

"하하! 너, 누굴 협박하니?"

보안원이 기가 막혀 웃었다.

"협박은 무슨. 이제 이 동네서 한 명만 더 뛰면 보안원 자리서
두 쫓겨난다면서?"

"뭐, 뭐야? 아 이거 골치 아픈 새끼네."

틀린 말은 아니다. 이제 다시 월경자가 나타나면 무사치 못하
다는 사실을 보안원 스스로도 안다. 하도 도주자가 많으니 이젠
거꾸로 별 버러지 같은 놈까지 소리친다. 그렇지만 정말 이 쇠새
끼 같은 놈이 도망가면서 중앙에 있는 소리 없는 소리 다 적어 보
내는 날엔 끝장이다.

기분 같아선 당장 권총 세례를 안기고 싶지만 달래보는 수밖
에 도리가 없다.

"야, 내가 널 미워해서 이러니? 말썽 좀 그만 부리란 말이야.
나두 모가지 아프게 고아대기 좋은 줄 알아?"

보안원이 수그러드는 눈치다. 용우는 "에헴! 에헴!" 헛기침을

했다. 흠, 따지고 들면 지들이 백배는 더 못된 짓 했지. 이 핑계 저 핑계 대고 잡아먹은 소가 몇 마리야. 코도 꿰기 전의 말랑말랑한 중송아지들이며 벼락도 맞지 않은 소를 벼락 맞아 죽었다고 먹어치우고, 진짜로 당의 농업전선에 해독 행위를 한 건 다 한자리 차지한 놈들이 아닌가.

문득 보안원이 호주머니에서 고급 담배를 꺼내 용우에게 통째로 건넸다.

"이건?"

"넣어두고 피워. 이러고저러고 해도 이 동네에 너만 한 기둥이 있어? 잘 좀 해라. 늙은 어머니 속 썩이지 말구."

"예. 너무 힘들다 보니까. 소 한 마리 없는 동네에서 나만 꼬리 없는 소 노릇하려니."

"그 사정 누가 몰라?. 조금만 견뎌봐. 나한테 권한은 없지만 관리위원회 간부들한테 이 동네 사정 얘기해볼게. 소 한두 마리라도 며칠 돌려주도록."

"진짜요? 아, 그래주면야 제가 고분고분……."

"그래 그래. 알았어. 우리 잘 좀 지내자, 응?"

젠장, 이렇게까지 달래야 하다니, 보안원인지 뭔지 이 노릇도 못해먹을 짓이다. 보안원은 불현듯 이웃 농장 담당 보안원이 해임되어 임산 노동자로 쫓겨간 일을 떠올렸다. 그 농장에서 남조

잔혹한 선물

선으로 도주한 여자가 이남 텔레비전에 출연해 마을 보안원이 저지른 비행들을 낱낱이 얘기하는 통에 그것이 관계 당국에 알려져 온 농장을 들쑤시며 연관된 간부들을 조사했다. 이 마을도 도주자가 많은데 그중에 누가 또 남조선에 가 뭐라고 할지 모를 일이다.

보안원의 눈길이 박 영감에게 닿았다. 저 영감 딸도 사라진 지 한참 됐는데 혹시 아랫동네에 간 건 아닌지. 갔더라도 제발 좀 조용히 지냈으면 좋으련만……. 스멀스멀 불안감이 엄습해 왔다.

"에이 빌어먹을, 아무렇게나 돼라."

보안원이 누가 알아먹지도 못할 소리로 투덜대며 자전거에 올랐다.

꼭대기 놈이 섬긴 '뇌물'을 처음 받아본 용우는 멀어져가는 보안원의 뒷모습을 보며 문득 기분이 묘해졌다. 따르릉. 따르릉. 여태 두렵게만 느껴졌던 보안원의 자전거 종소리가 개 짖는 소리만큼 여겨졌다. 용우는 고급 담배에 불을 붙여 빨고는 입술을 오므려 똑똑 소리를 내며 코뚜레 모양 가락지를 만들어 내보냈다. 사뭇 흐뭇한 표정이었다.

책 도둑

글쟁이가 우습게 취급되는 세월이다. 사람들이 굶어 죽고 있는데 현실을 미화해 찬양하고, 불평불만이

가득한데 충성분자의 전형을 창조하느라 꼴불견이다. '당사상전선 전초병'이니 '최고 사령부 종군작가'

니 뭐니 하는 거추장스러운 감투 때문에 자본주의 방식인 장사도 하지 못해, 토지법을 어긴다고 돼기밭

개간도 못해, 정말 아무짝에도 쓸모없는 존재다. 사람들은 작가를 돈키호테라고 비웃었다.

책 도둑

퇴근 시간이 지난 지 두 시간이 넘었지만 친구는 종내 나타나지 않았다. 여느 때 같으면 벌써 와서 술 한 병쯤은 마셔버리고도 남았을 시간이다. 친구에게 내 집은 퇴근길에 들르는 정류장이나 같다. 그런데 정작 오겠다고 약속까지 해놓은 날에 무소식이다. 이쯤 되면 무슨 작간이 있는 게 분명했다. 하긴 그에게 책 심부름을 맡긴 내가 잘못이다. 책벌레한테 부탁했으니 고양이한테 생선을 맡긴 격이다.

사흘 전 평양에 다녀온 도작가동맹위원장이 이스라엘 소설 『뮤라즈를 탈출하라』를 가져왔는데 자기가 먼저 본 다음 읽으라고 했다. 중앙에서 100부만 찍어 작가들에게 돌리는, 일명 '백 부 도서'에 속한 비공개 도서다. '백 부 도서'는 윤독 후 다시 회수해 가기 때문에 시간이 넉넉하지 못하다. 순서가 되면 다른 일 다 접고 읽어야 한다. 안 그러면 다른 사람에게 폐가 된다. 문제는 작가들만 보라는 책을 당 간부들까지 욕심내니 답답하다. 어디서 귀동냥으로 '백 부' 소리를 듣고 "나만 슬쩍 보자"며 접근하는데 딱 부러지게 거절하기도 곤란했다. 작가들 입에서 "그놈의 '백 부' 때문에 인심 다 잃겠다."는 말이 나올 만하다. 작가 두세 명쯤 읽었다 싶으면 벌써 말이 새나갔다. 그러니 될수록 먼저 읽고 다른 이에게 넘겨버리는 것이 시달림을 피하는 요령이다. 다행히 이번만큼은 위원장 다음이 내 순서였다. 그런데 그걸 책벌레한테 심부름 시켰으니 뻔할 뻔 자다. 퇴근길에 위원장을 만나 책 좀 갖고 오랬더니 제집으로 직행한 게 분명하다. 지금쯤 들어앉아 무릇 책이란 먼저 쥔 사람이 임자라오, 하며 낄낄댈 모습이 눈앞에 어른거린다. 책 욕심 부리는 데선 예의고 뭐고 없는 친구다. 미운 놈이 그랬다면 냉큼 달려가 이리 내라 떠들겠지만 그렇게까지 하긴 싫다. 다 볼 때까지 기다릴 수밖에 도리가 없다.

에라, 딴생각이나 하자. 나는 손 닿는 대로 잡히는 책을 펼쳐 들었다. 김정일의 『주체문학론』이다. 지겨운 책이었다. 빈번히 떨어지는 학습 과제만 아니면 벌써 휴지로 써버린 지 오래였을 것이다.

눈에 비쳐드는 글줄이 염장을 질렀다. 뭐 외국 작품을 많이 읽어야 세계적 추세를 알 수 있다? 웃긴다. 책이 어디 있나, 몽땅 우물 안 개구릴 만들어놓곤 세계적 추세? 혼자만 세계 각국 영화 며 책들을 맘대로 보면서 허락해준 책이 다해서 몇 갠데. 그래갖 곤 세계에 대한 해박한 식견을 가지라? 이보시오. 난 차례진 책 조차 친구한테 새치기 당했거든요. 훈계를 하더라도 이런 걸 알 기나 하고 하세요.

횟김에 책을 홱 집어던졌다. 눈 빠지게 기다리던 책이 샛길로 빠져 짜증나는데 말 같지도 않은 '말씀'이 붙는 불에 키질이다.

이런 땐 뭐니 뭐니 해도 술이 약이다. 그런데 혼자서 마신다? 이 친구가 책 갖고 오면 마시자 했지만 안 오니 혼자 마실 수밖 에. 이제 다시 술 달란 소리 해봐라, 아예 이 집에 발 들여놓지 못 하게 해야지. 지금까지 퍼 먹인 술이 아깝네.

서랍에 넣어둔 중국산 고량주를 꺼내 큰 컵에 쿨럭쿨럭 부었 다. 향긋한 술 냄새가 코를 자극한다. 자네는 온 밤 그 책 보다가 눈병에나 콱 걸리게. 난 이 술 기분 좋게 마시고 꿀잠 잘 테니까.

이내 술기운이 오르자 음정도 안 맞는 목소리를 뽑으며 상을 두드려댔다.

이래도 한평생~ 저래도 한평생~

돈도~명예도~ 사랑도 다 싫다~

떠덩 떵더더덩!

취기가 오르면 각박한 이 세월, 인생 뭐 있나 하면서 친구와 함께 매일 불러재끼는 노래다. 하도 많이 불러서 옆집 강아지도 배웠다. 노랫소리가 들리면 밖에서 어어엉, 어엉 따라 했다. 근데 녀석이 오늘은 왠지 조용하다. 나 혼자 독창을 하니까 아마 다른 노랜 줄 아나 보다. 개는 역시 개니까. 아, 아니지. 개가 어때서, 저것들은 생활총화를 하나, 학습회를 하나, 짖고 싶으면 짖고 자고 싶으면 자고, 그래, 사람보다 낫다.

나는 혼자 시부렁거리다가 언제 잠들었는지 모르게 꿈나라로 가버렸다.

다음 날 아침 늦잠을 깨고 얼굴에 푸푸 찬물을 끼얹고 있는데 문이 벌컥 열렸다. 이 친구 어제 저녁 그렇게 기다렸건만 이제야 코빼기를 들이민다.

"하아! 또 늦잠 잤군. 이제 세면하나."

미안한 빛이라곤 꼬물만큼도 없다. 미안하면 더 철판을 깐다.

"자네 이제야 퇴근하는 길인가."

나도 일부러 빈정댄다.

"아, 이거 미안하네. 실은 그럴 만한 사정이 있었네."

"사정이고 오정이고 어서 책이나 내놓게."

　　　　　　　　　　　　　　　　　잔혹한 선물

"아! 책. 그건 여기 가져왔네."

친구가 가방을 툭툭 쳤다.

"근데 말이야. 지금 책이 문제가 아니야. 큰일 났네."

"큰일이라니"

"하여간 세면이나 끝내고 내 말 좀 들어보게. 내 참 기가 막혀서."

친구의 얘기는 이랬다.

어제 낮 위원장이 딸에게 걸려온 전화를 받았다. 그런데 갑자기 낯빛이 꺼멓게 변했다. 뭔가 예감이 이상해 옆에 있던 작가들이 무슨 일인지 물었지만 별일 아니라고만 하고 집으로 갔다. 어쩐지 실성한 사람처럼 보였다. 가방도 그냥 둔 채 갔다. 그 가방은 서류나 책 대신 토끼 두 마리를 넣고 다니는, 이를테면 토끼를 출퇴근시키는 토끼 버스였다. 살림이 몹시 가난한 위원장은 그깟 토끼 두 마리가 무슨 도움이 되겠느냐만 안 하기보다 낫다는 생각에 키우고 있었다. 토끼를 두고 갔기에 아마 퇴근 전에 다시 돌아오려니 했다. 하지만 퇴근 시간이 지나도 돌아오지 않았다. 분명 예사롭지 않은 일이 생긴 것이 분명했다. 모두 이대로 퇴근해야 하나 망설였다. 더구나 위원장의 토끼가 풀판에 있었다. 의논 끝에 친구가 토끼를 위원장 집에 가져가기로 했다. 친구는 작가동맹 건물 앞 풀밭에 염소처럼 끈을 매 키우는 토끼를 풀어 가방에 넣었다.

위원장은 썰렁한 빈집에 혼자 우두커니 앉아 줄담배를 피워 대고 있었다. 친구의 손에 들린 가방을 보고서야 생각나는지 "아차, 토끼!"라고 말했다.

"집에 무슨 일이 있었습니까? 이걸 다 두고 오시다니."

위원장은 대답 대신 후우 길게 한숨을 쉬었다. 둘러보니 방 안이 텅 비고 왠지 공기가 납덩이같이 무거웠다.

"혹시 다른 데 이사 가십니까?"

"이사는 무슨. 도둑이 들었소."

"예? 도둑이 들다니요."

"이 집에 가져갈 거나 있소? 돈 될 건 다 팔아먹은 지 오랜데."

"그렇지만……."

"책을 몽땅 가져갔소. 내 책을 말이오."

"아니, 도둑이 책을요?"

정말 책장에 책이 한 권도 없었다. 세상에 별난 도둑이 다 있다. 그깟 책을 어디다 쓰겠다고.

"책장 것만 가져갔으면 말도 안 하겠소. 저기 궤짝에 따로 거두던 거까지 몽땅 털렸소."

"아니, 그 책들도 말입니까."

아닌 게 아니라 안방 궤짝이 텅 빈 채 열려 있었다. 위원장 말로는 30년 넘게 특별한 책만 골라 건사한 궤짝이었다. 거기엔 도서관에도 없는 귀한 책들이 있었다. 오래전 회수 도서로 취급돼 사라진 책들까지 있을 정도였다. 책뿐 아니라 그림, 사진 등도 있었는데 해방 직후에 처음 사용했던 우표까지 있었다. 그걸 빌려 보자면 차라리 하늘에 별 따기가 더 쉬울 만큼 깍쟁이를 부렸다. 그런데 그 귀한 책들을 졸지에 잃어버렸으니 그 심정이 오죽할까.

위원장은 손을 딱 붙잡고 어떻게 책을 찾을 방도는 없을까 물었다. 하지만 도둑을 어디서 찾는단 말인가. 혹시 장마당에 가면 책 장사들이 있으니까 거기서 실마리를 찾을 수 있지 않을까 하는 생각은 들었다. 책 도둑이 책 장사꾼들과 연계되었을 수 있었다. 위원장은 주인인 자기가 장마당에 나가면 도둑이 피할 테니까 대신 좀 알아보라고 했다. 찾게 되면 그 신세를 잊지 않겠다며 눈물까지 글썽였다. 친구는 위원장 마음을 위로해주려고 밖에 나가 손목시계를 맡기고 술 몇 병과 두부를 구해다 함께 마셨다.

"아차, 이 정신 좀 봐. 오늘 박 동무한테 '백 부'를 주기로 약속해놓고도……."

위원장이 서랍에서 책을 꺼내 보이며 좀 전달해주라고 했다. 그러면서 아침에 깜빡하고 책상 위에 둔 채 출근했는데 어떻게 도둑이 이건 안 가져갔는지 이상하다고 했다. 만약 도둑이 가져 갔더라면 큰일이었다. 간혹 백 부 도서 관리를 소홀히 해 분실되면 그 책임이 어마어마했다.

나는 친구가 왜 어제 약속을 못 지켰는지 이해가 됐다. 참 안타까운 일이었다. 위원장이 책에 얼마나 집착하는 사람인지 모르는 이가 없었다. 그에게 책은 곧 생명이라고 할 만큼 사랑이 남달랐다. 그런데 수십 년간 '책방 자물쇠' 소리를 들어가며 지켜낸 비밀 책궤가 졸지에 털렸으니 그 심정이 오죽할까. 그럴 줄 알았으면 진즉에 내게 몇 권이라도 줄 게지, 하는 생각마저 들었다.

나와 친구는 최선을 다해 찾아보자고 했다. 우선 시내 여러 장마당을 몽땅 돌아보기로 했다. 도둑이 책 장사꾼들에게 넘겨주었을 확률이 100퍼센트였다. 우리는 책 장사꾼들에게 책을 살 것처럼 연기하며 자연스럽게 접근해 살펴봤다. 도둑맞은 책들은 희귀한 책들이기 때문에 매장에 내놓기만 했으면 대뜸 알아볼 자신이 있었다. 하지만 다리가 뻐근할 정도로 시내 장마당들을 다 헤맸는데도 소득이 없었다. 차분히 생각해보니 도둑이 아직은 책을 팔 것 같지 않았다. 시간을 좀 두었다가 책 주인이 잠잠해지면 야금야금 내다 팔 확률이 높았다.

허탕만 치고 터벌터벌 돌아오자 위원장은 혹시나 하던 미련

마저 사라져 입만 쩝쩝 다셨다. 부인은 남편이 온종일 저렇게 앉아 식사도 안 하고 담배만 피워댄다고 말했다. 식사라고 해봐야 멀건 풀죽이 다였다. 그마저 먹지 않고 저러니 사람이 견디겠는가고 푸념했다.

"좀 그만하세요. 없어진 책이 그런다고 제 발로 돌아오겠어요. 그만 싹 잊어버려요. 요즘 세월에 책에서 밥이 나와요, 떡이 나와요? 굶어 죽는 사람이 지천에 널렸는데 책 잃은 거 갖고 그정도면, 마누라 죽었다면 어쩌겠어요?"

"어, 그거 참. 말도 많다. 손님들 앞에서."

"답답해 그럽니다. 당신이나 나나 똑같은 맹물단지니 어떡해요. 이게 「양반전」에 나오는 선비와 뭐가 달라요. 그래도 그 선비는 부자한테 양반을 팔기라도 하던데 당신 작가 감투는 사겠다는 사람도 없어요."

"거, 쓸데없는 소릴."

글쟁이가 우습게 취급되는 세월이다. 사람들이 굶어 죽고 있는데 현실을 미화해 찬양하고, 불평불만이 가득한데 충성분자의 전형을 창조하느라 꼴불견이다. '당사상전선 전초병'이니 '최고 사령부 종군작가'니 뭐니 하는 거추장스러운 감투 때문에 자본주의 방식인 장사도 하지 못해, 토지법을 어긴다고 뙈기밭 개간도 못해, 정말 아무짝에도 쓸모없는 존재다. 사람들은 작가를 돈키호테라고 비웃었다. 그나마 아내라도 수완이 좋으면 그 덕에 밥술이나 뜨지만, 가만 보면 대개 작가의 아내들도 멍청했다. 다른 여자들 같으면 구실 못 하는 남편에게 고함이라도 치겠는데 눈물만 질질 짜면 그만이다. 그래서 밥이 나오나, 돈이 생기나. 그러니 시인이니 소설가니 하는 낭만에 홀려 글쟁이와 결혼하고 그 값을 톡톡히 치를 수밖에.

위원장 부인도 같은 부류였다. 위원장 내외는 젊어서 교사였다. 위원장은 고중 국어, 부인은 유치원 애들을 가르쳤다. 부인은 지성미가 넘치고 문학에 박식한 젊은 시절의 위원장에게 홀딱 빠져버렸다. 애틋한 연애편지며 잡지에 난 소설이며 처녀의 넋을 뺏기에 충분했다. 열정도 탄복할 정도였다. 낮에 학생들을 가르치고 밤에는 교수안을 작성하는 바쁜 와중에도 숱한 책을 읽고 원고를 써내는 수완이 놀라웠다. 언젠가는 겨울밤 밖에 나와 대야에 눈을 퍼 담아 들어가는 것을 보았다. 졸음을 쫓느라 거기에 발을 담그고 뒷덜미로 눈을 집어넣으며 책을 읽는 것을 보고는 아연실색했다. 이런 청년을 사랑한다는 생각만으로도 행복에 겨웠다.

결혼 후에는 점점 남편의 문운이 트이더니 아예 교사 생활을 접고 현역 작가(전업)의 길에 들어섰다. 남편의 소설이 줄줄이 나오고 표창과 훈장, 선물이 잇따랐다. 아파트를 배려받고 김정일이 하사한 선물임이 명시된 일본산 컬러 텔레비전도 들여놨다. 손목엔 '김일성'이란 글자가 새겨진 '명함시계'가 걸리고, 일본산 자전거를 비롯한 갖가지 선물을 받았다. 간부 공급소 명단에도 남편 이름이 올랐다. 거기다 높은 월급에 원고료에, 의식주 걱정이 없었다.

하지만 언제까지고 그렇게 굴러갈 것 같던 세상이 어느 때부턴가 흔들흔들하기 시작했다. 처음엔 식량 배급이 하루 이틀 밀리더니 몇 해 지나선 아예 뚝 끊겨버리고 말았다. 온 나라가 아우성으로 뒤덮였다. 사람들이 굶어 죽기 시작했다. 나라에선 일시적 위기라고 했지만 끝이 보이지 않았다. 나라에선 급기야 '고난의 행군'이라고 명명했다. 사람들은 장마당으로 나가고 산에 올라 뙈기밭을 만들었다. 그래도 작가는 속수무책이었다. 굶는 끼니가 먹는 끼니보다 더 많았고 아침을 굶고 나선 출근길에 다리가 후들거렸다.

부인은 참다못해 나라에서 선물받은 텔레비전이며 냉장고를 팔아서 장사 밑천을 마련했다. 하지만 장사란 잘하는 사람이 따로 있었다. 아무리 애를 써도 어찌된 판인지 거꾸로 밑지는 장사만 해댔다. 거기다 남에게 잘도 속아 넘어갔다. 서로가 잡아먹는 사생결단의 백병전에서 사기도 여러 번 당했다. 그러다 보니 돈

될 만한 물건은 죄다 팔아먹어 집 안은 서발 막대기로 휘둘러도 거치는 데 없이 되어버렸다. 하루하루 살아 있는 게 기적이었다. 이 지경이 되면서 부인의 눈에서 콩깍지가 벗겨졌다. 작가? 그게 뭔데. 소설? 다 거짓말이잖아. 고픈 배가 데모를 해대는데 무슨 글을 쓰느라 주구장창 책상에서 저럴까. 차라리 막일하는 노동자가 훨씬 나았다. 그들은 기차를 타고 옥수수 장사라도 다닌다. 그것도 안 되면 농장 밭에 들어가 도둑질이라도 한다. 난세엔 아무 짝에도 쓸모없는 존재가 작가였다. 기껏 한다는 노릇이 궁상맞게 토끼를 가방에 넣고 출퇴근하는데 처량해 보지 못할 지경이었다.

거기에다 하필이면 제일 어려운 때 작가동맹위원장을 맡은 것이었다. 당연히 평양 출장이 잦아졌다. 명색이 도작가동맹위원장이면 급행열차에 전용 침대까지 가진 직책이다. 도에 전용 침대를 가진 간부는 다섯 손가락 안팎인데 그중에 도작가동맹위원장이 속했으면 대단했다. 하지만 위원장은 부임 후 전용 침대를 한 번밖에 이용하지 못했다. 도중식사 준비가 큰 부담이었다. 경제난으로 열차 식당도 운영 못 했고 그 흔하던 '곽밥'(여객용 도시락)도 팔지 않아 본인이 싸가지고 다니는 형국이 됐다. 남편이 위원장직을 맡고 나서 첫 평양 출장을 갈 때 꾸려준 도중식사는 강냉이밥에 절인 무와 고추장이 전부였다. 그마저 마련한 게 다행이었다. 위원장은 말없이 그걸 가지고 전용 침대에 탔다. 그런데 식사 시간이 되자 난처한 상황이 벌어졌다. 같은 차에 탔던 당 간부들이 식사를 함께 하자고 끌었다. 혼자 몰래 먹자던 것이 이런 난리가 있나. 한심한 도시락을 어떻게 꺼내놓는단 말인가. 그래도 다행히 간부들 눈치가 빨랐다. 위원장이 얼른 밥을 꺼내지 못하고 궁시렁대자 자기네 음식이 너무 많아 그러는데 함께 처리하자고 했다. 그들이 펼쳐놓은 도시락은 진수성찬이 따로 없었다. 한쪽에선 사람들이 굶어 죽는데 높은 간부들은 딴판이었다. 어쨌거나 잘 얻어먹긴 했지만 쥐구멍에라도 들어가고 싶은 심정이었다.

그 후부터 전용 침대를 절대 타지 않고 이전처럼 일반 차에 탔다. 냄새가 진동하고 자리가 없으면 서서 가도 그게 마음이 편했다. 다 비슷한 처지라 아무 음식이나 꺼내 들어도 부끄럽지 않았다. 한동안 그러다가 누군가에게 힌트를 받아 장사꾼들과 거래를 했다. 전용 침대를 장사꾼에게 내주고 돈을 받았다. 불법거래지만 누가 시비할 만한 정도는 못 되었다. 그렇게 해서 도중식사쯤은 간단히 마련할 수 있었다. 장사꾼들은 침대칸에 탈 자격이 없지만 돈질을 하여 침대표를 구했다. 위원장이 되어 딱 하나 덕본 것이 있다면 전용 침대 덕이었다고나 할까.

친구와 나는 시간 나는 대로 각자 수시로 책 장사꾼들을 염탐

해보았다. 그러나 여전히 실마리가 잡히지 않았다. 혹시 도둑이 책들을 몽땅 다른 지방에 갖다 팔았을까. 아니면 전부 뜯어다 포장지로 팔지 않았을까 하는 생각이 들었다. 그런 종이는 장사꾼들이 사서 봉투를 만들어 빵, 사탕, 과자 등을 담아 팔았다. 혹은 도배할 때 밑종이로 바르려고 사는 사람들이 있었다. 무식한 도둑이 그 귀한 책들을 아무 데나 팔아버렸으면 더 환장할 노릇이다. 도둑질한 책이든 어떻든 책이야 필요한 사람에게 가야 되지 않나.

그사이 위원장은 출근도 중단했다. 단식 투쟁하듯 밥도 안 먹고, 잠도 안 자고, 말도 없고 마치 애인이나 잃은 것처럼 고민하더니 아예 몸져눕고 말았다. 집착이 도를 넘었다. 저대로 죽기라도 할 셈인가. 부인과 두 딸이 제발 그만하라고 눈물을 흘려도 반응을 안 했다.

이제는 책을 찾는 일이 사람을 살리고 죽이는 문제처럼 커졌다. 책을 찾고 못 찾고를 떠나 계속 알아볼 수밖에 없는 처지가 되었다. 어느 놈인지 잡히기만 해봐라. 나는 친구와 함께 포기하지 말고 마지막까지 노력하기로 했다. 혹시 위원장이 저대로 잘못되기라도 하면 한이라도 덜 맺히게 하자는 생각이었다. 멀쩡해 보이던 사람도 자고 나면 죽어서 발견되는 세월인데 방정맞은 생각이라고만 할 수 없었다.

잔혹한 선물

우리 둘의 힘만으론 안 되겠다 싶었다. 장마당 책 장사꾼들도 우리가 너무 자주 나타나면 낌새를 챌 수도 있었다.

이 궁리 저 궁리 끝에 평소 나에게 시를 써 가져오곤 하는 대학생을 만났다. 사범대학 국문과에 다니는데 아주 영리하고 내가 부탁하는 일이라면 곧잘 나서주는 청년이었다. 그에게 그동안 사정을 대략 얘기했더니 생각했던 것보다 자신감을 나타냈다.

"제 친구 엄마가 책 장사를 하거든요. 장마당이 아니라 기차를 타고 다니죠. 평양에 있는 출판사들을 끼고 책을 대량으로 뒤로 뽑아 도매합니다. 여기 책 장사들 치고 모르는 사람이 없습니다. 장마당 책 장사꾼들이 그 책들을 넘겨받아 되팔기 때문에 서로 잘 보이려고 알랑거릴 정도지요. 걱정 마십시오. 듣고 보니 그 책 훔쳐간 도둑이 무식한 놈 같지는 않습니다. 분명 돈 되는 책인 줄 알고 가져간 게 분명합니다. 휴지로나 팔아먹자고 그런 짓을 할 리가요. 그 품이면 다른 걸 해치우는 게 훨씬 낫죠."

청년이 너무 자신하는 것 같아 좀 의외긴 했다. 그렇지만 김빠진 소릴 듣기보다는 시원한 대답이 마음에 들었다. 책 도매 장사와 통한다니까 거기서 뭐가 드러날 것 같은 예감이 들었다.

그 일이 있고 며칠 지나지 않아 청년이 집에 찾아들었다.

"선생님, 책 찾았습니다."

"뭐라구?"

나는 용수철 튀듯 일어났다.

"그게 정말이냐?"

"저기 신흥시장이요. 책 주인 이름이 전영식이라고 했었죠? 속표지에 잉크로 그렇게 적혀 있었습니다. 장편소설인데『안개 흐르는 새 언덕』이었어요."

틀린 말이 아니었다.『안개 흐르는 새 언덕』은 아주 오래전에 회수 도서로 사라진 책이다. 그걸 위원장 비밀 책궤에서 본 적 있었다. 나라에서 회수할 때 감춰둔 책이었다. 만약 그때 발각됐더라면 큰일 났을 것이다. 하지만 세월이 많이 흘렀고, 작가에게 백부 도서까지 배포되는 때라 시중에만 내돌리지 않으면 문제 삼지 않았다.

나는 당장 청년을 앞세우고 책을 봤다는 장마당으로 향했다.

"그런데 어떻게 그걸 찾았나? 혹시 그 책 도맨가 한다는 분이 알려줬나?"

"딱 찍어 알려준 건 아니고 제 부탁을 받고 장사꾼들을 슬쩍 떠봤나 봐요. 친구 엄마가 그런 냄새를 되게 잘 맡거든요. 그러니까 장사도 잘하죠. 오늘 아침에 절 보고 신흥장 마당에 키 작달만한 책 장사가 있는데 거기 찾아가 자기가 보내서 왔다면 아무 의심 하지 않을 거라더군요. 옛날 책이 필요한 조카가 있어 보낼 거라고 얘기했다면서."

"음, 그래서? 믿던가?"

"그러잖아도 기다렸다고 하더군요. 근데 보니까 매장에 내놓은 책은 시시껄렁한 것들이고 좋은 건 장마당 옆에 집을 따로 정해놓고 갖다 놓았더군요. 거기 보니까 별게 다 있어요. 남조선 노래랑 영화랑 거기서 몰래 팔더라구요."

"아니, 남조선 것도 판다고?"

이게 무슨 소린가. 처음 듣는 얘기였다. 청년들이 중국 연변 노래를 몰래 듣는 건 알았지만 남조선 노래와 영화까지 거래될 줄은 몰랐다. 세상이 언제 이 지경이 됐나. 변하는 세태를 먼저 알아야 할 작가가 그것도 모르고 사회주의가 어떻고 당이 어떻고 하며 글을 쓰다니.

"단속해도 뇌물이면 다 해결되니까요. 선생님은 모르셨어요?"

청년은 의아한 듯 힐끗 쳐다봤다. 그러곤 엷은 미소가 스치더니 말머리를 돌렸다.

"선생님, 전 아무래도 작가가 되자던 건 그만둘까 합니다."

"음? 그만두다니."

"그냥 지금은 좀 아니라는 생각이 들어서."

"아니, 그럼 이담엔 괜찮고?"

"많이 생각해봤는데 문학은 취미 정도로 삼고 대학 졸업하면 당 기관이나 보안기관 쪽으로 가는 게 나을 것 같아서요. 다른 친구들도 그쪽을 선호해요. 국문과를 보면 작가가 되겠다는 학생이 한 명도 없어요. 뭐 세상이 그렇게 가는 추세인 거 같습니다."

추세가 그렇다? 이건 나더러 들으라고 돌려 말하는 소리 같은데. 별안간 가슴이 답답했다.

책 장사를 만나 보니 청년이 말한 그대로다. 나는 아무 내색도 내지 않고 능청스레 책 몇 권을 샀다. 그러곤 보관된 책들을 두루 살펴봤다. 위원장의 이름이 그대로 적혀 있는 것이 몇 권 보였다. 대개 먹칠로 지우긴 했는데 미처 다 지우지 못한 상태다. 도둑이 책을 전부 한 사람에게 몰아주고 목돈을 받아간 거 같았다. 일단 책 장사꾼이 아무 눈치를 못 챘다. 괜히 놀라게 하면 낭패를 볼 수 있었다. 빨리 위원장에게 알려야 했다. 책 있는 곳을 알아냈다고 하면 당장 자리를 박차고 일어날 것이다.

청년과 헤어진 나는 이 기쁜 소식을 알리려 급한 걸음으로 위원장 집으로 향했다. 그런데 문을 연 순간 누워 있으려니 했던 사람이 의외로 이부자리까지 거두고 앉아 있는 것이 보였다. 친구도 와 있었다. 보나마나 헛물만 켜고 다니다 위원장이 어떤가 보러 온 모양이다. 괜히 으쓱해지는 기분이 들었다.

"위원장 선생님, 이젠 됐습니다."

나는 위원장 손을 덥석 잡았다.

"그 책, 제가 찾아냈습니다. 자, 이거 보십시오. 이거요."

"아! 책!"

위원장의 눈빛이 번쩍였다. 떨리는 손으로 책을 받아 똑바로 한참을 내려다봤다.

"고맙소. 내가 괜한 수고를 끼쳐 미안하게 됐소. 안 그래도 되는데."

"무슨 말씀을요. 그 책들이 어떤 건데. 선생님 목숨이나 마찬가지 아닙니까. 이 책 가진 장사꾼은 여잡니다. 일단 놀라게 하면 안 되겠기에 내색하지 않고 책만 샀습니다. 이제 그에게 도둑이 누군지 따져야죠. 모른다고 버티면 보안서(경찰서) 협조도 받구요."

"그게 따진다고 되겠어요? 이쯤 하고 다 그만둡시다."

"예? 무슨 말씀을."

"이리 지치고 보니 힘들기도 하고. 그냥 없던 일로 했으면 싶구만."

"?"

아니, 없던 일이라니. 내가 지금 무슨 말을 들었나. 나는 귓구멍을 세게 우볐다. 한데 친구도 맞장구를 쳤다.

"선생님 말이 맞네. 모를 사람이 찾아와 팔겠다고 해서 샀다면 어쩔 도리 있나."

"아따, 이 친군 왜 이래? 도둑 다 잡게 됐는데 무슨 소리야."

"내 말은 선생님도 그만두겠다니까 하는 소리지. 도둑 잡았다가 훗날 보복이라도 당하면 더 야단 아닌가."

이거 왜 갑자기 생각이 바뀐 거야. 울컥 화가 치밀었다.

"그럼 지금껏 헛수고한 거네. 좋아. 나 혼자라도 끝장 보고 말 테니까."

와락 자리를 박차고 일어섰다. 위원장이 황급히 내 바지 자락을 잡았다.

"그러지 말고 좀 앉소. 미안하오. 다 내 탓이오. 내가 못난 탓이오. 책이고 뭐고……."

"그게 어떻게 위원장 선생님 잘못입니까? 그 책 때문에 몸져 눕기까지 하시곤."

"아 괜찮다니까. 내 오늘 점심엔 죽도 두 그릇이나 먹었소. 이렇게 일어나지 않았소. 그까짓 떠들어봐야 좋을 게 별로 없소. 요즘 당하고 보니 다 부질없는 짓이오. 내 이젠 저 책궤에다 병아리를 넣어 키우겠소."

꿈꾸는 것 같기도 하고, 뭐라 표현할 길 없는 이상한 기분이 오락가락했다. 내가 모르는 뭐가 또 있는 게 분명했다.

나는 위원장네 집을 나서기 바삐 친구에게 시비를 따졌다.

"솔직히 좀 말해보게. 위원장 선생님이 왜 저러나."

"하아! 그쯤 하라는데도 그런다. 다 그럴 만한 일이 있네."

"그럴 만한 일이라니 그게 뭔데?"

"제발 좀 따지지 말게. 나도 지금 마음이 편한 줄 아나?"

"그러게 시원히 툭 터놓고 얘기해야지. 나한테 무슨 비밀이 있나?"

"사람이 참 눈치가 없네. 그렇게 궁금하면 생각 좀 해보라고."

"생각? 무슨 생각. 대가리, 꽁지 다 없는 소릴 해대니 원 알아 먹을 수가 있나."

"좋네."

친구가 짐짓 신중한 어조로 변했다.

"사실은 말이네. 도둑은 이미 잡았네."

"뭐? 도둑을 잡았다고?"

"생각 좀 해보게. 도둑이 어떻게 저 집에 돈 될 책이 많다는 걸 알고 왔겠나? 그게 가능해?"

"거야 작가의 집이니까."

"그럼 백 부 도서인 이스라엘 소설은 왜 두고 갔을까. 책 도둑이 그 책만 딱 두고 갔다는 건 뭘 의미하나?"

"그거야, 그 책은 없어지면 큰일이니까. 가만, 그럼 혹시?"

"이제 짐작이 가나? 사실 나두 오늘 장마당에서 그 책들을 봤네. 너무 놀랐어. 그 길로 위원장 선생님한테 달아갔는데 글쎄, 기뻐하긴커녕 한숨만 쉬고 다른 반응이 없는 거야. 나두 자네처럼 도둑을 잡겠다고 우겼네. 결국 할 수 없이 털어놓더군. 딴 데 말하지 말아달라면서."

나는 머리를 한 방망이 얻어맞은 것 같았다.

"그럼 혹시 저 집 사고뭉치 둘째가? 대학생이 됐는데도 철이 없긴 하더라만."

"차라리 그랬으면 좀 낫지."

"아님 친척들 중에?"

"도둑은 바로 부인이야. 위원장 선생님 부인 말이야."

"뭐?"

"남편이 밥도 안 먹지, 잠도 못 자지 보름이나 그러니 죽을까 봐 겁나 자수한 거지. 들어보니 그 책들을 팔길 잘했지 안 그랬으면 다 굶어 죽었을 뻔했더군. 세상이 완전 개판이 됐어. 에에, 더러워서 원!"

헐! 이걸 웃어야 하나 울어야 하나. 별안간 둘의 입에서 정체를 알 수 없는 너털웃음이 터져 나왔다. 눈물이 찔끔 나오고 입귀가 별나게 찌그러졌다.

잔혹한 선물

정 아바이네 집

그때 아기가 모기소리만 한 울음을 터뜨렸다. 이제껏 울 념도 못하고 맥없이 있더니 이 대목에 울다니. 못된 어른들이 자기를 엄마 품에서 떼어낼 잔인한 음모를 꾸미는 소리를 알아듣기라도 했단 말인가. 등 골로 전류 같은 것이 찌르르 흘렀다.

정 아바이네 집

"여보, 점심시간에 정 아바이네 집에 가지 말아요."

출근길에 나설 때면 아내가 매일 이 말을 뒤통수에 달아 보냈다.

"아, 안 간다니까."

"가기만 해봐. 나중에 내가 다 알아보는 수가 있어요."

아내는 내가 정 아바이네 집에 가 도시락을 나눠 먹는다고 가지 말라는 것이다. 서 발짜리 작대기를 휘둘러도 거칠 데 없이 가난한 정 아바이네 집은 점심을 잊고 산 지 오래다. 그렇다고 아침 저녁을 온전히 먹는 것도 아니다. 해서 아바이는 내가 가면 도시락을 나눠 먹을 수 있어 은근히 기다린다.

그렇지만 우리 집 형편도 별로 나은 게 없다. 내가 도시락을 싸 오면 식구들이 그만큼 배를 곯는다. 어린 세 딸은 누룽지에 된장을 넣어 죽처럼 끓여 점심을 때우고, 그날 벌어 그날 먹을 장사밖에 못 하는 아내는 장마당에서 종일 굶기 일쑤다. 그러니 남의 집에 가 도시락을 나눠 먹는 걸 좋아할 리 없다.

직장에서 정 아바이네 집은 도보로 5분 거리. 나는 나대로 그 집에 가면 다리 펴고 쉬다가 오후 일을 나갈 수 있어 좋다. 간혹 아내의 벌이가 마땅치 않아 도시락을 못 싸고 출근해도 아바이네 집은 '도피처'다. 직장에선 도시락을 책상 위에 펴놓고 네 것 내 것 없이 나눠 먹는데 도시락 없이 출근했을 땐 정말 난처하다. 십시일반 한 숟갈씩 덜어주는 밥을 얻어먹을 땐 쥐구멍에라도 들어가고 싶다. 해서 생각해낸 것이 정 아바이네 집으로 피해 가는 방법이다. 직원들에겐 근처에 삼촌이 이사 와 종종 거기서 점심을 먹게 됐다고 둘러댔다. 그렇게라도 체면을 지키자니 비참하고 서럽지만 어쩔 도리가 없다.

나는 12시 되기 바쁘게 정 아바이네 집으로 갔다.
"바깥날이 따갑지?"
"예. 요까지 오는 데도 머리칼 빠질 것 같아요."
"이 집은 여름에도 냉장고요. 부엌에 불 때본 지 언젠데. 땔감 아끼느라 바깥 풍로에 대충 끓여 먹으니……."

아바이 눈길이 내 가방을 스쳤다. 가방을 들고 오면 도시락이 있는 거고 빈 몸이면 없다는 것을 본능적으로 안다. 나는 모른 척 하고 딴전을 부렸다.

"여름엔 이것도 괜찮죠. 아이스크림 집이라고 문패를 달아도 되겠습니다."

"허허, 그러게."

나는 곧 밥상을 펴고 도시락을 펼쳐놓았다.

"아니, 오늘이 무슨 날인가. 명태 반찬을 다 싸고."

생각지 못한 명태 반찬을 본 정 아바이 눈이 반짝거렸다.

"어제 집사람이 명태를 싼값에 넘겨받아 되팔았대요. 그런데 그중 두 마리가 어쩌다 찢겨져 제값을 못 받을 거니까 차라리 먹는 편이 낫다고 들고 들어온 거죠. 뭐 그래서나 비릿한 걸 좀 맛보지 우리 형편에 온전한 고길 입에 넣을 수 있나요."

"그럼 애들이나 먹게 놔둘 게지. 한 마리씩이나 혼자 싸 오면 어떡하오."

"집사람이 말을 들어야죠. 직장에서 남의 반찬만 얻어먹는 신세라 한 번쯤은 나도 색다른 걸 가져다 나누라고 하는데, 아, 글쎄 아침에 문 열고 나올 때까지……."

하마터면 아내가 정 아바이한테 가지 말라고 하더란 소리까지 나오는 걸 꿀꺽 삼켰다.

"그건 그거고 어서 드시죠. 거 뭐 여자들 마음이 다 그렇죠 뭐."

이내 밥상이 놓이고 나는 도시락 밥을 절반 덜어내 명태 토막을 얹어 권했다.

"이 명태를 보면 옛날 생각이 나. 80년대까진 먹기 싫을 정도로 명태 천지였는데 지금은 다 어디 갔는지. 그때 우리 직장 경리과 창고에 명태가 산더미같이 쌓였는데 그걸 처리하기 바빴지."

"예. 저도 어렸을 때 아버지 직장에서 동태를 너무 공급해서 지겹던 생각이 나요. 할머닌 밤새 그 숱한 명태 밸을 따느라 자지도 못하고, 손이 딸려 상하면 버리고, 협동농장에선 그걸 가져다 썩혀 거름 내고……."

"그럼. 그땐 아파트 창문마다 명태 꿰미를 주렁주렁 걸어놓은 게 겨울 풍경이었지. 그러던 세상이 이 꼴이 될 줄 누가 알았겠소. 이젠 죽도 먹기 힘드니."

아바이는 의학대학 다니는 막내아들과 둘이 산다. 마누라는 오래전에 병으로 죽었다. 위로 딸만 줄줄이 다섯이고 모두 결혼했으나 다 가난했다. 딸들은 인물도 예쁘고 대학교도 나왔지만 아바이는 "그깟 대학 나오면 뭐 해. 여자는 시집 잘 가야지. 잘사는 년이 없고 다 우는 소리뿐이라니까"하고 툴툴대곤 했다. 가끔씩 들르는 딸들은 옥수수국수 몇 사리나 장작 한 아름 사놓고 가면 그만이다. 그나마 가까이 시집간 게 다행이지 멀리 갔더라면 아버지가 죽어도 모를 판이다.

"누굴 탓하겠소. 이게 다 죽은 마누라 탓이지. 젊어서 마누라 말만 듣지 않았어도 이렇게 되진 않는데 괜히 조선에 와서 무슨 꼴이 됐냐 말이야."

이번엔 마누라 욕을 시작했다. 아바이는 원래 중국 연변에서 태어나 살다가 젊은 시절 문화대혁명의 여파를 타고 북한에 넘어 왔다.

"옛날 중국에서 살 때 물고기가 정말 귀했지. 굶어 죽은 사람 도 있고."

"중국 사람들도 굶어 죽을 때가 있었나요?"

"그럼. 있었지. 지금 조선만큼은 아니지만 가끔 그런 일이 생 기곤 했소."

"옛날에 중국이 가난한 건 알았지만 그 정도일 줄은 몰랐습니 다."

"지금이야 개혁 개방 덕에 잘살게 됐지. 아마 모택동식 대로 그냥 했으면 어떻게 됐을지 몰라."

"아바인 운전사를 하셨다면서요?"

"음. 나야 별로 배곯지 않았지. 짐을 실어주곤 술도 한 잔씩 대접받곤 했으니까. 그래도 물고기 같은 건 이빨 틈에 끼워보기도 힘들었네."

옛날 추억이 떠오르는지 아바이 얼굴에 웃음기가 어렸다.

"그때 우리 집에 커다란 북어 한 마리가 있었는데 먹지 못하고 구경만 하는 물건이었지."

"아니, 왜요?"

"허허. 그걸 제사 때마다 상에 올리곤 했거든. 제사가 끝나면 다시 건사하고. 못쓰게 될세라 좀약까지 발라서. 하도 제사상에 올릴 고기가 없으니까 그렇게라도 귀신을 달랜 거지."

"대체 얼마나 오래 보관했게 좀약까지 발라요?"

"한 5년쯤 될까. 허참. 그러다 그걸 도둑 맞고 말았소."

"아니, 좀약 냄새가 배 먹지도 못할 걸 누가요?"

"뒷집 절름발이 녀석이 해치웠더군. 우리 집에서 제사 지내는 걸 엿보고 그걸 어디 건사하나 살폈던 거지. 그러다 집이 빈틈에 기어들어 가져갔거든. 그걸 물에 불려 냄새를 빼고 먹었다더군. 그 일로 절름발이가 나한테 죽게 맞았지."

"하하하. 얼마나 고기가 먹고 싶었으면……."

나는 냄새나는 북어를 입에 댔다가 퉤퉤 내뱉고, 그걸 물에 잠갔다 뜯어 먹고, 들켜서 아이고 데이고 맞아댔을 도둑이 눈앞에 연상돼 웃음이 났다.

"그 무렵 조선에는 명태가 산처럼 쌓여 있고 이밥만 배불리

　　　　　　　　　　　　　　　　　　잔혹한 선물

먹는다는 소문이 돌았소. 난 처음에는 헛소리라고 생각했지. 그 귀한 명태가 산더미처럼 쌓여 있다니 가당키나 한가. 좀 있다가 홍위병들이 소문 출처를 알아보기 시작했는데 숱한 사람들을 데려다 따지더군."

"문화대혁명이 농촌에까지 뻗쳤었군요."

"농촌이 다 뭔가. 그땐 도시고 농촌이고 정말 난리가 났소. 나야 화물차나 몰고 다니는 노동 계급이니 염려 없었는데, 문제는 여편네야."

"부인이 교원을 하셨다죠?"

"장춘에서 사범대학 나와 중학교 문학 선생을 했거든. 근데 여자 공부시킬 필요 없다는 말이 괜한 소리가 아닙데."

"에이, 무슨 말씀을……."

"글쎄, 들어보라니까. 내가 욕 안 하게 됐나."

정 아바이는 열불이 번져 물을 꿀꺽꿀꺽 마셨다.

"솔직히 마누라는 나 같은 놈이 넘겨다볼 상대가 아니었지. 대학 나오고 선생질까지 하는데 그 집에서 나를 사위 삼겠다고 했겠소? 그래도 내가 인물만은 멋있었거든. 지금도 머리통이 둥글둥글한 게 이 동네 영감태기들 중에 나만큼 잘생긴 영감이 없다니까. 흐흐흐."

느닷없이 튀어나온 인물 자랑에 나는 웃음이 나오는 걸 참았다.

"처녀가 예쁘고 똑똑한 게 욕심이 나데. 나야 가진 게 인물 빼고 자동차밖에 더 있나. 글쎄 차도 인민공사 소유긴 하지만. 그래도 일단 차고를 떠나면 운전사라는 게 자유주의를 하기 마련이거든."

"그야 그렇죠."

"여자를 낚아볼까 해서 그가 부탁하는 짐이면 무조건 실어줬지. 뭐 여자도 날 싫어하는 기색이 아니고 말이야. 하여간 그럭저럭 한동안 어찌어찌 했더니 애가 배 속에 덜컥 생기고 말았지. 그걸 낳은 게 저 구실 못 하는 맏딸이야. 저걸 시집 잘못 보낸 것도 마누라 때문이오. 신랑감이라고 나타난 녀석이 생긴 것부터 족제비상인데 마음에 들어야 말이지. 그래 안 된다고 반대했는데 마누라가 신랑감이 대학 나왔다고 덮어놓고 편드는데 내가 당할 수 있나. 그래 시집가더니 사는 꼴이 저렇지 뭐. 하여간 새끼란 건 웬수야. 새끼 여섯이 전부 똑같아."

아바이 얘기가 자녀들 욕으로 변했다. 나는 얼른 말머리를 돌려세웠다.

"그담엔 어떻게 됐습니까?"

"뭐가?"

"부인 말입니다."

잔혹한 선물

"어떻게 되긴. 결혼했지. 처가에선 딸을 배운 것 없는 노동꾼에게 못 준다고 떠들었지만 우둔한 척 냅다 밀었거든. 자동차를 그 집 문 앞에 갖다 대고 시동을 켠 채 온 밤 빵빵댔지. 딸 안 주면 집을 밀어버리고 나도 죽겠노라고 생떼를 부리면서 이 집 처녀가 아이 가졌다고 소문나서 딴 데 시집가기 틀렸다, 낡은 인텔리가 노동 계급을 못 배운 놈이라고 무시하고 결혼을 반대했다, 이러면 홍위병들이 달려올 게다 하고 고아댔지. 허허. 딸 안 주고 배겨?"

"하하하. 정말 보통이 아니셨네요."

"문제는 그 다음이지."

"왜요?"

"내가 괜히 마누라 욕을 하는 줄 아나. 그 망할 노친 때문에 내가 지금 이 꼴이 됐으니까."

"그거야 명이 짧아 돌아가신 건데 어쩝니까."

"흥. 내가 그거만 가지고 욕하는 게 아니네. 그 노친 성화에 이 망할 조선에 왔다니까."

"......?"

나는 '망할 조선'이라는 말에 본능적으로 창문을 쳐다봤다.

"듣긴 누가 들어. 그까짓 듣겠으면 듣고. 밖에 나가면 그러지 않아도 보위부 새끼들이 시글시글한데 내 집에서 이런 말도 못

할까."

"그래도 조심하셔야죠."

"흥, 잡아갈 테면 가라지. 다 산 늙은이, 죽어도 아쉬울 게 없어!"

아바이가 객기를 부렸다. 하면서도 께름한지 움쭉 일어나 창문 밖을 훑어보고 앉았다.

"아무튼 중국에서 오지 말았어야 했네. 그때 왜 왔는가 하면, 노친 머리에 먹물이 들어찬 게 화근이었네. 툭하면 하는 소리가 천리마 조선이 어떻고, 무상 치료, 무료 교육이 어떻고 하는 따윈데, 허참. 그땐 조선 좋단 소릴 하면 이색분자라고 혼날 때요."

"큰일 날 뻔했네요. 저기 방직 공장에 다니는 기사 아바이도 그때 문화대혁명이 정신 빠진 짓이라며 조선에선 어쩌고저쩌고 하다가 홍위병들에게 걸려 죽을 뻔했다던데."

"거 영재 영감 소리 아니오?"

"예. 알고 계시군요."

"알다마다. 그 영감이 청화대학 졸업한 영감이야. 대단했지. 중국에서 살 때 뭘 연구했다는데 글쎄 한족 기술자한테 그 성과를 넘기려 하더래. 중국 공산당에서 말이야. 조선 민족이 한족보다 나으면 배 아픈 게 되놈들 속심이거든. 그게 화가 나 두덜거리다 도망 온 거지. 그 영감 내가 잘 알지. 근데 지금은 여기 없어."

잔혹한 선물

"없다니요. 사망되기라도……."

"아니. 며칠 전에 중국 갔다 온 사람이 말하던데 그 영감이 중국에서 살고 있다더군."

"예? 그 아바인 노력 영웅까지 됐는데도 도망갔네요."

"중국에서 왔던 사람들이 거의 다 되돌아갔소. 이젠 남은 사람 얼마 안 돼. 나 같은 건 가자고 해도 다리에 힘이 없어 압록강 건너다 죽을 것 같고, 거기다 조선 땅에 여섯이나 싸질러놓은 새끼들이 피해를 보겠으니 이러지도 저러지도 못해. 하여간 새끼들이 웬수지."

얘기를 또 자녀들 욕으로 돌려 했다.

"그래서 부인은 조선에 대해 또 어떤 얘기를 했나요?"

"뭐 그냥 그 소리가 그 소리지. 어느 날엔가는 라디오 한 대 가져왔더군. 근데 조선 방송도 잘 나오데. 두만강이 멀지 않으니까. 그걸 계속 듣더니 나중엔 아예 조선으로 도망가자는 게 아니겠소. 중국은 남의 나라고, 자식들 앞날을 봐서라도 조선 민족은 조선에 가야 희망이 있다나. 처음엔 무슨 가을 뻐꾸기 소리를 하는가 하고 대꾸를 안 했지만 얼마나 집요한지 끝내는 내가 지고 말았소."

"그래서 바로 떠났나요?"

"이것저것 마무리할 일도 있고 해서 바로 떠나진 못했고 그해

겨울에 나만 먼저 두만강을 건넜네."

두만강을 건너 북한에 정착한 아바이는 건설 기업소에서 트럭을 몰았다. 천리마운동이 한창이던 때라 눈곱 뜰 새도 없이 밤낮으로 일했다. 그래도 중국보다 먹고사는 형편은 월등했다. 중국에서 듣던 소문대로 명태가 많았다. 이밥만 먹는다던 소문은 부풀려진 말이지만 굶는 사람은 없었다. 중국보다 나쁜 건 식량 배급으로 사람을 꼼짝 못 하게 통제하는 것이었다. 하루만 결근해도 그날 배급표를 잘랐다. 직장을 마음대로 옮길 수도 없었다. 사상 학습도 중국보다 더 심하게 시켰다. 그날그날 살아가기엔 괜찮은데, 통제가 시끄러워 중국에 다시 가고픈 생각이 불쑥불쑥 날 정도였다.

이랬다저랬다 동요하는 마음을 잡아준 것은 부인이었다. 부인은 조선에서 사람 구실을 하려면 혁신자가 되어 훈장도 받고 노동당원도 되고 공부도 해야 한다고 바가지를 긁었다. 중국에서 업고 온 맏딸이 세 살 잡히고 또 딸을 한 명 낳자 자식들의 앞날을 생각해 당원이 무조건 돼야 한다고 했다. 중국은 당원이 되려고 혈안이 된 사람이 많지 않지만 북한은 달랐다. 당원이 아니면 출세는 고사하고 사람값에 쳐주지도 않았다.

아바이는 계획을 하느라 집에도 자주 들어오지 못하고 일했다. 기골이 장대하고 건장한 체질인 아바이는 사회주의 증산 경쟁에서 매번 1등을 양보하지 않았다. 그렇게 해서 훈장도 받고 노동당 입당도 이루어냈다.

"그때 사람들은 진짜 죽기내기로 일했소. 난 그래도 운전대를 잡고 일했지만 다른 사람들은 벽돌을 지고, 삽질을 하느라 잔등이며 손이며 온통 굳은살이 박여 소가죽 같았소."

"천리마운동 땐 다들 그랬다고 하더군요. 그럼 입당한 다음에는 술렁술렁 생활했겠군요."

"흥. 술렁술렁은 커녕 더 죽을 맛이었소. 당원이 모든 일에 앞장서야 된다고 볶아대더니 덜컥 운수 작업반장을 시켜 꼼짝 못하게 만들더군."

이번에는 천리마 작업반 칭호를 쟁취하려고 열성을 내야 했다. 그것도 부인의 '선전' 때문이었다. 당원이 되었으면 다음 목표는 대학 공부라며 평생 운전대만 잡고 살겠는가고 했다. 부인은 남편 몰래 직장 당 비서에게 로비를 해 남편이 천리마 작업반 칭호를 따내면 대학에 추천해준다는 약조를 받아냈다.

"그래서 끝내 천리마 작업반인지 뭔지도 따냈지. 대학에도 가고. 노친은 계속 새끼들을 줄줄이 낳고, 내 뒷바라지를 하느라 고생이야 했지. 아들 낳겠다고 딸만 줄줄이 낳다가 마지막에 낳은 게 대학 다니는 현수 저놈이거든. 난 아들이고 뭐고 힘든데 그만두래도 안 들더니, 그때 뭐가 잘못됐는지 시름시름 앓다가 죽어버렸네."

아바이 눈에 눈물이 핑 고여 올랐다. 아바이는 손수건에 눈물 섞인 코를 힝 풀었다. 그러곤 천장에 대고 삿대질을 하며 언성을 높였다.

"멍청한 노친, 입만 벌리면 10대 전망 목표고 5대 전선이고 떠들더니. 그거면 이 나라가 제일 앞선 나라 대열에 들어선다고? 당 정책은 혼자 다 아는 척하더니. 제 죽을 줄 모르고 아파도 계속 일하려 기신기신 다니고. 뭐 10대 전망 목표? 5대 전선? 천만 톤 알곡 고지? 다 개방귀 같은 소리지. 아이고, 지금 풀죽도 없어 무리죽음 나는 세상이 됐는데도. 흥!"

원망과 후회와 절망감으로 아바이 몸이 가늘게 떨렸다.

명태 반찬 한 토막에 시작된 이야기는 벽시계가 1시 종을 쳐서야 멈췄다.

퇴근 시간에 과장이 뜻밖에 직원들에게 중국술 한 병씩 돌렸다. 과장은 중국에 북한으로 장사하러 다니는 친척이 여럿 있어 생활이 풍족했다. 그 덕에 직원들이 가끔 술병을 선물로 받곤 했다. 책임자가 그래야 직원들에게 말발이 서는 풍토다. 가난하면 학력이고 경력이고 다 소용없다. 잘살고 봐야 간부 구실을 제대로 할 수 있다는 말이 상식이 된 지 오래였다.

잔혹한 선물

나는 술병 모가지가 삐죽 나온 가방을 들고 집으로 가다가 점심시간에 눈물을 글썽이던 아바이 생각이 났다. 그래. 아바이한테 가서 한잔 나누자. 비싼 중국술을 그대로 먹기보다 팔아서 농태기(민간에서 개인들이 자체로 담던 술) 두 병에 인조고기(콩깻묵을 변성시켜 만든 것) 반 근쯤 사 먹으면 되겠다. 나는 가던 길을 되돌아 정 아바이네 집으로 향했다.

아바이네 마당에서 누런 연기가 피어오르고 있었다. 저녁 끼니를 끓이는지 아바이 막내아들 현수가 풍로에 불을 지피는 중이었다.

"뭐 하냐. 저녁 짓니?"

현수가 연기에 그을린 얼굴을 들며 "아, 형님 왔어요?" 하고 반겼다.

"응. 근데 뭘 끓이니?"

"옥수수가루에다 호박 썰어 넣고 꿀꿀이죽(새끼 돼지 죽) 끓여 먹어야죠."

"사람 먹을 음식을 꿀꿀이죽이라니."

"사람 먹으나 돼지 먹으나 구별도 안 되는걸요."

현수는 멋쩍게 뒷머리를 긁었다.

풍로엔 뭘 지피나 봤더니 나무껍질 조각이 섞인 쓰레기였다. 불이 잘 붙을 리 만무했다. 누런 연기만 잔뜩 피고 부채질할 때만 불길이 보였다.

"불이 이래서 끓여 내겠어?"

그래도 현수는 계속 부채질을 해댔다. 죽 한 그릇 먹겠다고 팔이 빠지도록 사생결단하는 모습이 너무 안쓰러웠다.

현수는 의학 대학 졸업 학년을 2년째 다시 다니는 '묵은 돼지'다. 퇴학 처분이 두 번이나 제기됐었다. 늘 배가 고픈 데다 대학에서 학생들에게 부담시키는 자금과 물자를 바치지 못해 창피하다고 결석이 잦은 탓이었다. 정 아바이가 지팡이에 의지해 학장을 찾아가 아들 대신 손이야 발이야 빌어 겨우 퇴학을 면하곤 했다. 대학 당국은 늙은 홀아버지 정성이 가긍해 관용을 베풀어 재수하는 것으로 처리하곤 했다.

현수는 배고픔 못지않게 강의실에 가는 것이 고통스러웠다. 한때는 인물만 보고 치근대는 여대생들이 있었지만 상거지나 다름없는 처지인 것을 알고는 외면했다. 하루에도 몇 번씩 대학 공부고 뭐고 다 때려치우고 싶지만 아버지를 생각해 버렸다. 현수는 어린 자기를 두고 세상을 떠난 엄마가 원망스럽고 챙겨줄 형편도 못 되면서 욕만 해대는 아버지가 못마땅했다. 아버지는 아버지대로 말끝마다 "저 웬수, 저 식충이"라는 말을 달고 살았다.

며칠 전에도 부자가 다투는 걸 목격했다. 먹을 것 때문에 시작된 다툼이었다.

"야, 그 국수 1키로나 배때기에 다 처넣어?"

아바이가 방바닥을 치며 따졌다.

"아, 그럼 두 끼나 굶었는데 그쯤도 못 먹어요?"

아들은 별걸 다 따진다는 말투였다.

"암만 굶어도 그렇지. 그거면 우리 두 식구 이틀은 살겠는데 그걸 단번에 먹어? 이 식충아."

아바이는 셋째 딸이 주고 간 국수가 한꺼번에 몽땅 아들 배에 들어가버린 것에 기가 막혀 소리를 질러댔다.

"니가 사람 새끼냐. 애비 생각도 안 하고 아가리에 국수를 처넣어? 대가리가 그러니까 툭하면 퇴학 소리 나지."

"그게 왜 내 탓이에요? 집에서 뭐 해준 게 있다고 그래요?"

"뭐 어쩌고 어째!"

아바이 손에서 재떨이가 날아가 벽에 맞고 떨어졌다. 담뱃재가 사방에 흩어졌다.

"에이, 씨."

현수가 벌떡 일어서 문을 차고 튀어나갔다.

"저, 저런 짐승 새끼를 봤나"

아바이가 부들부들 떨었다. 차마 그냥 앉아 있기 거북해 나도 자리를 털고 일어났다.

공원 의자에 현수가 머리를 싸쥐고 앉아 있는 것이 보였다. 서러워서 울고 있는 것 같았다. 갑자기 코마루가 시큰해지며 측은한 생각이 들었다.

"그만 눈물 거둬라. 먹는 게 뭔지 세월이 사람 다 바보 만드는구나."

"미안해요, 형님. 괜히 나 때문에."

현수는 설움이 북받치는지 목이 메어 끅끅 소리를 냈다.

"형님, 사실 오늘 대학에서 동상 건설에 노력 동원 갔었는데……."

현수는 자초지종 사연을 이야기했다.

새로 건설되는 김정일 동상 기초 파기 공사를 현수네 대학이 맡는데 순 인력으로 파야 했다. 그런데 하루 과제를 오전 중에 다한 팀은 오후에 휴식시킨다는 지시가 내려졌다. 아침을 굶고 나온 현수는 엄두가 안 났지만 따를 수밖에 없었다. 현수는 삽과 곡괭이를 번갈아가며 죽기내기로 팠다. 진땀만 나고 하늘이 노래졌다. 애써 쳐들었다 털썩털썩 떨어뜨리는 곡괭이는 땅에 박히는 것이 아니라 땅을 두드리고 있었다. 보다 못해 옆에서 눈치를 알고 달라붙어 도왔다. 그렇게 해서 과제는 끝났고 휘청거리며 집으로 향했다. 등 뒤로 수군대는 소리가 들렸다.

"저럴 거면 차라리 장사나 하지 대학은 왜 다녀."

　　　　　　　　　　　　　잔혹한 선물

모멸감이 치밀어 앞이 보이지 않았다. 현수는 집에 들어서자마자 물 한 바가지를 퍼서 소처럼 꿀꺽꿀꺽 마셨다. 급할 땐 맹물이라도 마시면 허기를 달랠 수 있었다. 문득 선반 위에 누런 것이 보였다. 옥수수국수였다. 더 생각할 사이 없이 무작정 국수를 끄집어내려 우적우적 씹기 시작했다. 그때 며칠째 정전이던 전기가 들어왔다. 마침 전압도 높았다. 전기 히터를 쓰면 되겠다는 생각이 들었다. 땔나무가 없을 땐 도둑 전기가 최고였다. 현수는 숨겨 둔 히터를 꺼내 켜고 커다란 냄비에 물을 붓고 끓였다. 그렇게 국수를 데쳐 소금물에 먹었다. 처음에는 조금만 먹으려 했지만 너무 허기졌던지라 그만 참지 못하고 몽땅 먹어치우고 말았던 것이다.

"그렇더라도 먹으면서 아버지 생각은 났을 거 아니야?"

"왜 안 났겠어요. 그렇지만 아침에 길에서 맏누이를 봤거든요. 저녁에 집에 오겠다기에 뭘 좀 가져오겠지 하고……."

"허어, 그걸 타산하고 다 먹었구나."

"형님, 왠지 내가 점점 머저리가 되는 것 같아요. 그저 앞이 막막하기만 하고, 어디 가면 눈치부터 보게 되고. 도대체 이젠 뭐가 옳고 그른지도 사리 분별이 잘 안 돼요."

굶주림이 도를 지나면 동물 본능만 강해진다더니. 먹을 것 때문에 동네가 떠나갈 듯 다투는 아들이나 아버지나 별 차이가 없다는 생각이 들었다.

"야, 근데 아무리 배고파도 그렇지 국수 1킬로를 앉은 자리에서 다 먹는다는 게 가능해?"

"참 형님도, 그걸 왜 못 먹어요? 속이 텅 비었는데."

"그래도 나 같으면 그 절반은 먹을지 몰라도 다 어떻게 먹어? 위도 부피가 있는데."

"아 방법이야 간단하죠. 보통은 국수를 데쳐 찬물에 불려뒀다 먹잖아요."

"그거야 알지."

"많이 먹자면 물에 불려두지 말고 찬물에 씻는 즉시 바로 먹으면 돼요. 그땐 국수 부피가 작거든요. 국수물도 마시지 말구요."

"허어."

기가 막혔다.

"근데 너 어디서 그걸 다 배웠어?"

"대학 기간에 6개월씩 군복 입고 교도 훈련 나가야 되잖아요? 그땐 부대 밥만 먹어야 되니까 배 안 고픈 학생이 없어요. 훈련은 뒷전이고 먹을 궁리만 해요. 그때 우리 학급 제대 군인들한테 배웠죠. 자기네가 군대 복무할 때 민가에서 국수를 훔쳐 부대 보일러실에서 먹곤 했는데 그때 해 먹던 방법을 알려주었어요."

세상이 굶주림에 찌들더니 별난 기술이 다 전수되는 판이었다.

"에취! 에이 씨."

현수가 풍로에 엎드려 입으로 불을 불다가 연기를 삼키고 재채기를 해댔다.

"야아, 관둬라, 관둬. 그 불 갖고 안 돼. 다른 방법 찾아야지."

곁에서 지켜보는 나까지 눈이 쓰렸다. 나는 문을 열고 집 안으로 들어갔다. 어둑한 방에 아바이와 젊은 여자가 있는 것이 보였다. 초면인 여자는 아기를 안고 있었다.

"촌에 살다 온 조카딸이오."

아바이가 소개했다. 여자는 수줍게 눈인사를 했다. 수심에 잠긴 듯 했고 얼굴이 핼쑥하고 전혀 생기가 없었다.

"어휴, 내 팔자가 왜 이런지 모르겠소. 이거 어떡하면 좋소. 이 못난 늙은 것을 그래도 큰애비라고 찾아왔으니."

또 근심거리가 생긴 모양이었다.

"저 꼴 좀 보오. 바짝 마른 게 제 한 몸 건사도 못할 판에 애기는 왜 낳아가지고. 글쎄 어미가 먹은 게 있어야 젖도 나오지. 애기가 빈 젖을 빨다 지쳐 울지도 못하오."

여자가 눈물을 주르르 흘렸다. 가냘픈 팔에 껴안은 아기는 눈을 가늘게 뜬 채 눈동자가 움직이지 않았고 머리를 뒤로 늘어뜨리고 약하게 숨을 쉬고 있었다.

무슨 영문인지 몰라도 곡절이 있어 보였다. 나는 가방을 열고 술병을 꺼냈다.

"사무실에서 오늘 이걸 한 병씩 나눠주더군요. 나 혼자 마시기도 그렇고 해서 퇴근하다 들렸습니다."

"그냥 뒀다 쓰지 가지고 오긴."

"이래서나 또 한잔 나누는 거죠. 제가 오길 잘했군요. 대충 짐작은 갑니다만 마음도 착잡하실 텐데 이럴 땐 술이 최곱니다."

나는 창문을 열고 아직도 엉덩이를 들고 풍로와 씨름하는 현수를 불렀다.

"그만하고 들어와 심부름이나 좀 해줘. 그건 나중에 어떻게 하고. 글쎄, 그 불 갖곤 안 된다니까."

나는 현수에게 사거리 매점에 나가 중국술을 넘겨 팔고 그 돈으로 농태기술과 안주가 될 만한 걸 사 오라고 일렀다.

"히야. 이거 60프로짜리네."

술병을 받아쥔 현수의 눈빛이 밝아졌다. 그걸 본 아바이가 "가만. 너는 있어라. 내가 갔다 오마." 하고 일어섰다. 현수는 "아버진 내가 이걸 가지고 나가 혼자 마실 것 같아 그래요?" 하고 짜증냈다.

잔혹한 선물

"알게 뭐야. 니 속이 검은 걸 세상이 다 아는데."

국수 사건 이후로 현수는 아버지에게 전과자 취급을 당하고 있었다.

"에이, 내가 말을 말아야지. 콱, 혼자 가세요."

현수가 버르장머리 없이 내뱉었다.

"뭐야? 이놈이 말하는 꼴 봐라."

아바이가 흥분해 쏘아붙였다. 현수는 제걱 풍로 옆에 엎드려 불을 후후 부는 척했다. 그 꼴을 짐짓 노려보던 아바이가 "에잇, 저 웬수!" 하며 대문을 열고 나갔다.

아바이가 돌아올 동안 내가 여자에게 말을 건넸다. 여자가 키가 작고 여위어 미성년처럼 보였지만 실은 스물세 살이었다. 여자는 아바이와 오촌간이었다. 부모는 먹지 못해 비실비실 앓다가 전염병이 도는 바람에 같은 날 죽었고, 언니와 오빠가 있었다. 하지만 언니는 장사를 한다고 집을 나간 지 3년이 되도록 향방이 묘연하고 오빠는 군대에서 영양실조로 죽었다고 했다. 여자의 아버지는 정 아바이 사촌동생으로 중국 태생인데 문화대혁명 때 부모(정 아바이의 삼촌)가 잘못되자 아바이가 북한에 데려다 살게 했고, 어머니는 6 · 25 전쟁고아였다. 그러니 외가 친척도 없었다. 참으로 기구한 신세였다.

시간이 퍽 지나 아바이가 손에 농태기술과 인조고기와 사탕을 들고 돌아왔다.

"오래 기다렸나. 어디가 좀 더 나을까 해서 몇 곳 돌다나 니……."

"대충 하고 오시지."

"그래도 더 돌아본 효과를 봤네."

알사탕 생각은 안 했는데 사 온 걸 보니 조카딸 생각을 한 것 같았다.

나는 집 안에서 어쩌나 하고 신경을 도사리고 서성거리는 현수를 들어오라고 했다. 아바이가 못마땅한 눈치면서도 만류하진 않았다. 미워도 자식인데 음식을 놓고 외면할 순 없는 것이다.

아바이가 사탕 봉지를 조카딸에게 건넸다.

"넌 이 사탕이라도 먹고 기운 좀 챙겨라. 너도 너지만 젖먹이가 더 걱정이다."

여자는 사양하는 척 쑥스러운 기색을 보이면서도 알사탕을 입에 넣었다.

나도 술이 속에 들어가자 어색한 느낌이 사라졌다.

"이자 들어보니 조카따님 사정이 너무 딱한 것 같습니다."

"허어, 그러게 말이오. 난 그래도 얘가 한동안 소식이 없어 이젠 밥이나 굶지 않고 살겠지 하고 생각했었지. 낮에 자네가 왔다 간 다음 눈 좀 붙이려는데 밖에서 인기척이 나더라니 쥐뿔도 없는 집에 대낮에 도둑이 올리는 없고, 문을 열어보니 글쎄 얘가 마당에 앉아 있더군. 왔으면 들어오지 않고. 내 집 형편을 아니까 제 딴엔 큰아비 집이라고 찾아는 왔는데 어쨌으면 좋을지 답답했겠지. 얘가 시집을 간다고 떠난 게 재작년이던가."

부모가 죽은 후 여자는 누군가의 주선으로 농촌에 시집갔다. 도시에선 장사할 줄도 모르고 밑천도 없어 농촌에 시집가는 것이 낫다고 생각했다. 그러나 힘들긴 농촌도 마찬가지였다. 농사란 것이 땅에다 씨앗만 심으면 저절로 먹게 되는 것이 아니었다. 비료, 물, 농기구, 부림소 등 모든 것이 부족했다. 가을만 되면 국가에서 농민이 죽겠으면 죽고 상관없이 모조리 군량미와 애국미 명목으로 거둬갔다. 죽기내기로 뙈기밭을 일궈 살 수밖에 없었다. 시부모 둘 다 장애가 있어 일을 못 했다. 온전한 건 신랑밖에 없었다. 신랑 혼자 일하느라 무척 힘들었지만 그런대로 감자와 옥수수와 콩을 심어 굶주림은 면했다. 하지만 세상이 요지경이라고 예상치 못한 불상사가 찾아올 줄이야. 나무하러 갔던 신랑이 벼랑에서 굴러 다쳤는데 석 달을 못 넘기고 숨지고 말았다. 장례를 치르고 나니 이번엔 산사람 입에 거미줄 치게 생겼다. 가을까지 먹을 수 있던 식량을 퍼내 치료비를 대다 보니 쌀독이 바닥을 보였다. 아기를 업고 산에 다니며 먹을 수 있는 건 다 뜯어 왔다. 하지만 얼마 견디지 못했다. 젖먹이가 보채는데 젖을 물리면 뿌연 물도 제대로 안 나왔다. 나중엔 산에 갈 기력도 없었다. 시부모는 스스로 죽어주는 것이 며느리와 손자를 위한 길이라 생각했다. 시부모는 며느리가 없는 사이 잘사는 집에서 쥐를 잡느라고 쥐약을 섞어 구석에 놓아둔 음식을 먹고 말았다. 여자는 시부모까지 없게 되자 더 이상 그곳에 있을 생각이 없었다. 주변에선 빌어먹어도 도시가 나으니 가라고 떠밀었다.

"거기 더 있어봐야 별수 있나. 애당초 가지 말았어야 했는데."

"그때야 어떻게 앞을 예견할 수 있었겠습니까."

"다 내 탓이오. 내가 그때 막았어야 했는데. 여기 있었으면 젊었으니까 어떻게 버티다 보면 장사를 배워 뭘 하든 혼자 입에 풀칠이야 못 했을까. 내 집 형편이 이러니 같이 있자는 말도 못 하고 시집가면 더 낫겠지 생각한 내가 어리석었소."

아바이의 주름진 얼굴로 눈물이 이랑을 지어 술잔에 떨어졌다. 벽에 기댄 여자는 참담한 심정을 녹잦히느라 눈을 지그시 감았다. 현수가 "얘, 앉아 졸지 말고 저쪽 가 누워. 내가 베개 내려줄게." 했다. 여자가 눈을 뜨며 머리를 가로저었다. 아바이가 아들을 핀잔했다.

"쯧쯧. 야가 이래서 욕 처먹는다니까. 야, 니 눈에는 그게 자

잔혹한 선물

는 걸로 보이니? 이 상황에 너 같으면 잠이 오겠니? 어이그, 생각이 없는지, 미욱한지."

"아, 아버진 별것도 아닌 거 같고."

현수가 발끈했다. 나는 술기운이 오른 부자가 다툴까 염려되어 서둘러 말머리를 돌려 분위기를 바로잡았다.

"그나저나 앞으로가 문제군요. 무슨 방도를 찾아야지."

"글쎄 무슨 방도가 있겠소."

"우선 아기부터 살리고 봐야 하는데 말입니다."

"애만 없으면 요즘은 도매 장수들이 외상 물건을 주니까 그걸 장에 나가 팔면 그날그날 밥벌인 하겠지만."

"애기를 남 주면 되잖아요."

현수가 끼어들었다.

"야, 요즘 세월에 누가 아이를 가지겠대? 강아지 쥐여주는 것처럼 쉬운 줄 아냐?"

"그래도 한번 알아봐야죠. 알아보지도 않고 안 된다 안 된다, 내가 알아볼게요. 우리 친구들 엄마들한테 부탁하면 되겠지."

현수 말도 일리는 있어 보였다. 그 순간, 얼핏 떠오르는 것이 있었다. 아, 그거다! 우리 사무실에 아내가 육아원에 다니는 직원이 있었다. 언젠가 그가 아내한테 들은 얘기를 했는데 밤에 아기를 육아원 마당에 버리는 현상이 있다고 했었다. 육아원은 부모

없는 영유아들을 키우기 때문에 국제기구에서 보내는 어린이 대
상 지원 물자가 공급됐다. 그걸 알고 밤중에 아기를 육아원 정문
에 버린다는 것이었다. 이 여자도 그렇게 하면 되겠다는 생각이
들었다. 나는 용기를 내어 입을 뗐다.

"한 가지 방법은 있습니다."

"방법이라니."

"근데 이건 엄마가 동의하는 조건에섭니다."

"어떤 조건이게? 좀 알아듣게 말해야지."

힐끗 여자를 쳐다봤다. 기대와 불안이 함께 섞인 눈빛이었다.

"형님. 얼른 말해요, 그게 뭔지."

"그럼 아기 엄마에게 대놓고 물어볼게요."

여자의 눈동자가 불안과 기대가 함께 어울려 파르르 떨었다.

"애를 육아원에 맡기면 어때요?"

"육아원이요?"

의외라는 듯 여자가 놀랐다.

"아, 육아원이 좋죠. 형님, 거기 인맥 있어요?"

현수가 설레발을 쳤다.

"야, 너는 좀 가만있어. 누가 너한테 물어봤냐."

아바이가 현수 말을 끊었다. 여자는 대답을 피하고 아기만 뚫
어지게 들여다봤다. 괜히 실없는 소리를 꺼낸 것 같았다. 내가 술

잔혹한 선물

기운에 무슨 생각을 한 거지? 천륜을 끊을 궁리를 하다니. 남한테 당하면 당했지 피해를 준 적은 없다고 같잖은 성정을 은근히 자랑하던 내가 그런 끔찍한 생각을 한 것이 놀라웠다. 여자가 별 괴물 같은 놈이 다 있네 생각할지 몰랐다. 술이 확 깨는 느낌이 들었다.

그때 아기가 모기소리만 한 울음을 터뜨렸다. 이제껏 울 념도 못하고 맥없이 있더니 이 대목에 울다니. 못된 어른들이 자기를 엄마 품에서 떼어낼 잔인한 음모를 꾸미는 소리를 알아듣기라도 했단 말인가. 등골로 전류 같은 것이 찌르르 흘렀다.

"이거 내가 괜한 소릴 했네요."

내가 여자에게 사과했지만 그는 아무 말 없이 내 얼굴을 물끄러미 쳐다보기만 했다. 나는 밖으로 나와 담배를 피워 물었다. 둥그런 달이 나를 보고 이죽거리는 것 같았다. 바깥바람을 맞고 들어오니 취기가 다시 올랐다.

"아바이, 내가 괜한 소릴 해서 아기 엄마가 놀랐겠어요. 이거 미안해서……. 난 잘하느라고 한 소리가 그만……."

"아니, 아니야. 무슨 소릴. 그게 어디 못할 말인가. 물어볼 수도 있지."

아바이가 손사래를 쳤다.

이윽고 마지막 잔을 비우자 아바이 몸이 스르르 옆으로 기울더니 그냥 드러누웠다. 현수가 얼른 베개를 가져다 머리에 베웠다.

"자넨 좋은 사람이야. 그럼 좋은 사람이구말고."

나는 아바이의 취한 음성을 들으며 문을 나서 휘청휘청 집으로 향했다.

이튿날.

벽시계가 자정을 가리켰다.

"자, 이젠 단번에 쭉 마시자."

나는 현수 컵에 술을 쿨럭쿨럭 부었다. 내 컵에도 부었다. 술은 아바이가 둘째 딸을 찾아가 '거사'에 쓸 보급 물자로 얻어온 것이다.

"그럼 출발해야겠다."

"예, 형님."

현수가 아기 엄마에게 두 팔을 내밀었다.

"가야겠어. 애기 이리 줘."

그러나 여자가 돌연 으어엉 울음을 터뜨렸다. 조금 전까지 현실을 담담히 받아들이는 것 같더니 떠나려는 찰나에 본능적인 모성애가 폭발한 것이다. 그러거나 말거나 현수는 "야, 애기 살리자는 건데 왜 이래." 하며 아기를 그러당겼다. 여자가 아기를 더 세

178   잔혹한 선물

게 껴안았다. 그러자 아바이와 둘째 딸도 접어들었다.

"이년아! 정신 차려라. 둘 다 죽고 싶냐!"

"애, 이러지 말고 마음 모질게 먹어야지. 네가 이럼 애기 못 살려!"

나는 그만 밖으로 뛰쳐나왔다. 젠장, 이거 못 할 짓이구나! 차가운 이성과 모성애가 결전을 치르는 모습에 소름이 끼쳤다. 내가 어쩌다 이런 일에까지 나섰을까. 이건 사람이 할 짓이 아닌데. 내게 이런 야만스런 심성이 숨어 있었단 말인가.

문이 벌컥! 열렸다. 현수가 아기를 빼앗고 튀어나왔다. 아기 엄마가 쫓아 나오며 바짓가랑이를 잡으려 했으나 뒤에서 뒷다리를 잡아당겼다.

"형님, 갑시다."

"뛰자!"

내가 앞에서 달렸다.

한참을 달려 육아원 인근에 도착했다. 사위는 쥐 죽은 듯 고요했다. 불리한 것은 달이 밝아 주변이 훤한 것이었다. 몰래 치르는 일엔 칠흑 같은 어둠이 좋은데 둥그런 달이 밉살스러웠다.

"넌 여기 있어라. 내가 먼저 가보고 이쪽에다 돌 던지면 와라."

"예, 형님."

내가 살금살금 발소리를 죽여 정문으로 다가갔다. 경비실 유리창으로 수직 당번 서는 여인이 졸고 있는 것이 보였다. 됐구나! 별다른 기미가 보이지 않자 나는 돌멩이를 현수 쪽에 던졌다. 현수가 허리 숙이고 쪼르르 다가왔다. 혹시라도 아기가 울어댈까 걱정했지만 조용해 다행이다. 하긴 울 힘도 없다. 아기를 눈에 잘 뜨일 만한 자리에 살그머니 내려놨다.

"이젠 됐다. 철수하자."

맙소사! 이렇게 끝난 건가. 둘은 바로 자리를 뜨고 뛰었다.

한참을 뛰다가 문득 아기 들여가는 것까지 보고픈 생각이 들었다. 그러자면 육아원 옆 아파트에 오르면 될 것 같았다. 4층 복도에 올라가보니 정문 주변이 잘 내려다보였다. 포단에 싸인 채로인 아기의 윤곽을 보는 마음이 아프게 죄어들었다.

30분쯤 지났을까. 마침내 경비실 문이 열리며 손전등을 켜든 여인이 나왔다. 손전등 불빛이 휘휘 여기저기 비추더니 아기를 발견한 듯 딱 멈췄다. 됐다! 입에서 탄성도 한숨도 아닌 것이 터져 나왔다. 여인이 서둘러 아기를 안고 경비실에 들어가는 것이 똑똑히 보였다. 아기가 살았구나! 이제 우리가 할 일은 없었다.

나와 현수는 눈 빠지게 기다리고 있을 사람들 생각에 아파트를 내려와 걸음을 재촉했다. 옳고 그름을 떠나 아기를 살렸다 하는 안도감이 마음을 편하게 해주었다. 이유야 어찌됐건 자선 행위를 수행한 셈이었다.

잔혹한 선물

느닷없이 시 한 구절이 떠올랐다.

사나이여, 제 할 일 다했거든 담담히 사라져라, 바람결처럼.

한참 후 정 아바이네 마당에 들어섰다. 여태껏 여자의 울음소리는 그치지 않은 채로였다.

아바이도 함께 통곡하고 있었다.

"아으! 내가 못났다, 못났어. 그때 네 아비를 중국에 그냥 둬둘걸. 내가 왜 오라 해서 이 꼴이 됐는가!"

나는 방에 들어갈 수 없었다. 엄마 품에서 아기를 뺏어간 이 냉혈인간. 여자의 얼굴을 다시 볼 용기가 없었다. 나는 그만 대문을 열고 나왔다.

"형님, 어디 가요?"

뒤에서 현수가 불렀지만 못 들은 척 내처 걸음을 옮겼다. 휘청휘청 발 가는 대로 가다가 머리를 젖히고 하하하 정신병자처럼 웃어댔다.

"난 좋은 사람이야."

공중에서 내 행실을 낱낱이 본 둥근달이 이죽거렸다. 와락 몸을 솟구쳐 한 대 쥐어박고 싶어졌다.

시황제의 나라

기원전 중국에 존재했던 진나라의 흥망성쇠, 뛰어난 무용담과 신의와 배신을 넘나드는 극적인 이야기들, 그것이 이 나라에 주는 의미는 무엇일까.

시황제의 나라

철우의 오토바이가 국경 도로를 미친 듯 질주했다. 바퀴에서 마른 흙먼지가 뿌옇게 일었다. 철우는 코가 메고 목이 칼칼해도 신경 쓸 겨를이 없었다. 밀려드는 불안에 안면 근육이 푸들푸들 떨었다. 잡아먹을 듯 날뛰던 대대 보위지도원 장금석의 고함이 귀전에 멍멍했다.

"야, 박철우! 너 중대 보위지도원 맞아? 너 모가지 몇 개야? 그 일을 여단 보위부가 어케 아냐 말이야! 이번 사건 터지면 다 죽어. 이 멍청한 새꺄, 빨리 수습해."

철우는 으드득 이를 갈았다. 귀신이 곡할 노릇이었다. 이건 분명 종만이 새끼 작간이야. 1소대 보위지도원 종만이는 철우와 소대 보위지도원들 중 제일 통하는 사이다.

오토바이가 으르렁대며 중대 정문을 통과하자 마당에서 수군 대던 몇 명의 병사들이 심상치 않은 낌새를 느꼈는지 비실비실 흩어졌다. 눈에 거슬렸다.

　"야, 누가 1소대 보위지도원 찾아서 내 방에 오라고 해."

　방에 들어선 철우는 땀과 먼지에 얼룩진 군복 저고리를 벗어 걸상 위에 던졌다. 도대체 어떻게 된 거야. 이번 일을 아는 건 나와 종만이, 대대 보위지도원 세 명뿐이잖아. 철우는 '크라운' 1개비를 뽑아 물고 라이터를 켰다. 담배 앞 끝에 불길이 달렸다. 젠장, 담배를 거꾸로 물다니.

　곧 복도에서 발자국 소리가 들리더니 종만이가 문을 열고 활짝 웃었다.

　"이 새끼, 웃어?"

　와락 재떨이를 집어던졌다. 종만이 군복이 담뱃재를 하얗게 뒤집어썼다. 고무 재떨이기에 다행이지 유리 재떨이면 그 자리에 꼬꾸라졌을 것이다. 예상치 못한 날벼락에 종만이 눈이 퀭해졌다.

　"너 똑바로 말해. 전번에 그 물건 어떻게 했어?"

　"……?"

　"너 진짜 깨버린 게 맞아?"

　"마, 맞습니다."

　　　　　　　　　　　　　　　　　　　　　　　　잔혹한 선물

"근데 여단에서 어케 알아!"

철우의 눈에 흰자위만 보인다. 와락 달려들어 멱살을 잡았다.

"너, 나 몰래 여단 보위부와 내통한 거 다 안다. 너 그거 여단에 갖다 바쳤지. 선손 써서 혼자만 살려고?"

"아, 아닙니다. 이, 이거 좀 놓고……."

"아니야? 이 유다 같은 놈, 너 솔직히 토해내지 않다간 오늘 죽을 줄 알아."

철우는 종만이 멱살을 잡은 채 끌고 가 걸상에 눌러 앉혔다.

"바른 대로 말해."

"예, 말하겠습니다."

종만이 상황 파악이 안 되는지 주먹코를 벌름거렸다. 그러면서도 "저 담배 한 대 좀……." 한다.

"짜식, 이판에 무슨 담배야."

철우는 담배 한 개비를 던졌다. 사타구니에 맞고 떨어진 담배를 종만이 얼른 집어 입에 문다. 그러곤 빤히 쳐다본다. 라이터가 없다는 뜻이다. 밉다면 모로 긴다더니.

불을 붙여주자 몇 모금 연거푸 빨더니 입을 열었다.

"사실 전번에 그 USB가 말입니다. 실은 세 개가 아니라 더 있었습니다."

"뭐야?"

"150갭니다."

놀란 철우가 입을 딱 벌렸다. 150개라니 뒤로 나자빠질 자세다.

"그, 그래서…… 다 어케 했어?"

"팔았지요, 뭐."

헉! 등골에 소름이 쭉 끼쳤다.

그렇다면 150개 USB에 담긴 소설『시황제의 나라』(조선편)가 이미 시중에 유포됐단 소리 아닌가! USB는 계속 복사되어 퍼질 것이었다. 이쯤 되면 여단 보위부가 모를 리 없었다. 어쩌면 보위사령부까지 알려졌을지 모른다. 아니, 벌써 국가보위성, 인민보안성은 물론, 당에도 알려졌을 것이다.

"아이쿠! 이 돈에 미친 새꺄."

종만이 따귀에 불이 일었다. 입에 문 담뱃대가 불 달린 채 튀어나가 포물선을 긋는다.

국경을 지키는 군인이, 그것도 체제 보위 일선을 뛰는 보위원이 반동 선전물을 유포시킨 꼴이었다. 철우는 눈앞이 캄캄해졌다. 이제 종만이는 물론, 자신도 대대 보위지도원도 무사할 수 없었다. 멋모르고 받은 USB 두 개 때문에 사람이 다치게 생긴 것이다.

두 달 전, 철우는 늘 다니던 주둔 지역 식당에서 종만이와 식사를 했었다. 그때 종만이가 USB 두 개를 건넸다. 새 것이었다. 기억 용량이 16GB나 되었다.

"햐아, 이거 진짜 좋은 거구나. 이거 어디서 났어? 이거면 영화랑 꽤 많이 저장하겠구나."

철우는 기쁘게 받았다. 종만은 압록강을 건너오는 밀수꾼을 추격하다 놓쳤는데 급해맞은 밀수꾼이 흘리고 간 것을 주웠다고 했다.

컴퓨터에 끼우고 검열해보니 아무것도 저장돼 있지 않은 완전한 새 것이었다. 철우는 한 개를 자기가 쓰고 나머지 한 개를 직속상관인 대대 보위지도원에게 건넸다. 그런데 그게 문제가 될 줄이야.

사용한 지 보름쯤 지났을 때 갑자기 컴퓨터 화면에 구름 모양의 무늬가 나타났다가 USB를 뽑으면 사라지곤 했다. 좀 지나서는 점차 구름무늬가 꽃송이로 변했다. 그 위에 '꽃술을 클릭하십시오. 당신에게 드리는 사랑의 선물입니다'라는 안내문이 떴다. 이건 뭐지, 하면서도 궁금해 클릭했다.

곧 책표지가 나타났다. 소설 『시황제의 나라』(조선편)이다. 중국 소설인가? 역사학을 전공한 친구에게 진나라 시황제에 대해 들었던 기억이 났다. 어떻게 되어 자기가 저장한 적 없는 소설이 나타났는지 궁금했지만 내가 컴퓨터에 대해서 뭘 알아 하고 대수롭지 않게 여겼다. USB가 밀수꾼의 손을 통해 넘어왔으면 중국산이 분명한데 소설이 조선글로 된 것이 이상했다. 하지만 중국 조선족들이 보는 책이겠지 하고 지레짐작했다.

첫머리는 『시황제의 나라』(조선편)에 대해 소개하고 있었다.

이 소설은 2천여 년 전 이야기에 머물지 않고 21세기에도 중대한 교훈을 주고 있다. 아직도 세상은 그칠 줄 모르는 암투와 시기와 질투와 음모와 배신으로 몸살을 앓고 있다. 이 소설은 야심을 가진 사람들에게 좋은 지침이 될 것이다. ······

철우는 침을 꼴깍 삼켰다. 그래. 맞는 말이다. 살 줄 아는 비법이 이 책에 있단 말이지. 호기심이 부쩍 동했다. 방문을 닫아걸고 읽었다. 책은 진시황, 이사, 조고, 부소 등 등장인물 소개를 장황하게 해댔다. 읽다 보니 책 소개가 지나칠 정도로 상세했다. 내용을 미리 알면 재미가 덜한데······. 그런 생각을 하면서도 페이지를 넘겼다.

그러다 소스라치게 놀랐다. 이게 뭐야! 눈이 딱 굳어졌다. 2천년 전 중국 이야기를 현대 북조선 최고 지도부에 적용한 반동 소설이었다. 대체 어느 놈이! 당황한 철우는 누가 엿보기라도 한 것

잔혹한 선물

같아 창문을 열고 주위를 둘러봤다. 아무도 없었다. 그는 컴퓨터에서 급히 USB를 분리했다. 종만이가 준 물건이 이런 반동 소설일 줄이야.

당장에 전화기를 들어 종만이를 불렀다.

"당장 나한테 와!"

암만 생각해도 모를 일이었다. 그 물건이 정말 요상했다. 처음엔 아무것도 없더니 갑자기 구름무늬가 뜨고, 다시 꽃으로 변하고, 그러곤 꽃술을 클릭하라고 했다. 클릭한 순간 이런 흉물이 나타난 것이다. 이 자식 나타나기만 해봐라. 철우는 방 안을 오락가락했다.

한참 뒤 노크 소리가 나더니 종만이가 주먹코 얼굴을 들이밀었다. 철우는 USB를 들어 보였다.

"너, 이 괴물 어디서 났다구?"

"그거, 그때 밀수꾼이 흘린 걸 주운 거라고 말씀드렸는데……."

"그걸 믿으라고? 너 잔말 말고 이 안에 반동 소설이 왜 있는지 바른 대로 말해."

"저, 저도 오늘 아침에 알았습니다. 갑자기 이상한 게 나타나 뭔지 읽어보고 알려드리자던 참인데 전화 받고 왔습니다."

"뭐야? 네 것두? 그건 제목이 뭐야?"

"그 뭐더라? 시황제, 시황제의 나라요."

"그것도 시황제야?"

얼핏 국경 너머에서 누군가가 고도의 기술로 공화국 내부에 심리전을 한다는 생각이 들었다. 그렇다면 대대 보위지도원에게 괜히 한 개를 줬다. 지금쯤 거기에도 소설이 생성되었을 게 아닌가. 아니 어쩌면 대대 보위지도원이 벌써 다 읽고 엉뚱한 궁리를 할지 모른다. 빨리 손을 써야 했다.

"야, 너 급히 뭘 좀 마련해봐. 대대에 가봐야겠다."

"예? 대대 말입니까?"

"그 알량한 물건 대대 보위지도원두 한 개 가졌단 말이다. 알 갔어? 냉큼 뭘 좀 마련해 갖고 오라우."

"예예. 갔다 오겠습니다."

"야, 그리고 네 물건 당장 없애버려. 증거 남기지 말구."

일단 대대 보위지도원 장금석의 입부터 막아야 했다. 하지만 워낙 입이 큰 자다. 뇌물이 커야 한다. 하지만 그것도 안 통할지 모른다. 출세욕에 어두워 아랫사람 뜯어내 윗선에 바치는 데 이골이 난 작자지만, 이번 문제는 그냥 넘기기보다 공적을 세우는 것이 낫다고 판단할 수 있었다.

중대 밖을 나선 종만이 가슴은 쿵당쿵당 방아를 찧었다. 까딱하면 목이 날아날 판이었다. 종만이 입장에도 철우는 문제가 아니었다. 철우와 종만이는 너무 많은 비밀을 공유한 사이였다. 국경에 비일비재한 온갖 비화들 중엔 두 사람의 몫도 있었다. 어느 한쪽이 다치면 둘이 함께 다칠 처지였다. 그러나 대대 보위지도원은 사정이 달랐다. 큼직한 뇌물 외에 방도가 없었다. 잘못하면 끝장이었다. 종만은 서둘러 관할 소대로 갔다.

그 무렵, 장금석은 금방 컴퓨터에서 분리해놓은 USB를 만지작거리고 있었다. 화면에 갑자기 생성되는 안내문을 별 생각 없이 클릭했다가 꼬박 이틀간『시황제의 나라』를 읽고 난 뒤다. 이건 보통 문제가 아니었다. 지금까지 보아오던 아랫동네 영상물과는 차원이 달랐다. 상부에 알려지면 대대 전체가 홍역을 치를 것이다. 그러지 않아도 나라에서 불순 선전물 때문에 매일같이 국경 통제를 제대로 하라고 야단인데 이런 물건이, 그것도 3중대 보위지도원 박철우에게서 받았다. 얼마나 교묘하게 만들었는지 처음엔 아무 콘텐츠도 없는 것처럼 숨겨졌다가 일정한 시간이 지난 후에 생성되도록 의도적으로 제작된 것이다. 이것을 여단 보위부에 보고하면 보위사령부에 즉각 보고될 것이다. 그러면 대대에 검열이 붙을 것이다. 장금석은 걸릴 죄가 많았다. USB 문제와 무관한 다른 비행들까지 전부 드러날 게 뻔했다. 그래도 보고해야 할까? 아니, 제 손으로 제 목을 누를 순 없었다.

장금석은 전화로 철우를 호출했다.

"오늘 저녁, 압록원에서 한잔할까. 긴히 할 말두 있으니까."

"예, 그럼 혼자만 가겠습니다."

철우는 미리 알고 기다렸다는 듯 대답했다.

그날 저녁, 압록원 3층 특별실에서 둘이 만났다.

"어이, 내가 어떻게 했으면 좋겠어?"

술이 몇 잔 들어가자 장금석은 먹잇감 노리는 고양이 눈으로 철우를 응시했다.

"툭 까놓고 말해 덮었으면 합니다만."

"그건 어째서?"

"이번 문제는 여단 보위부 정도가 아니라 보위사령부까지 보고될 수 있습니다."

"그렇다면 더구나 덮을 수 없잖아. 나중에 밝혀지면 네가 책임질래? 이건 최고 존엄 훼손과 직결되는 문제야."

"그러니까 덮어야지요. 지금은 USB 세 개만 없애면 그만입니다. 솔직히 말해 보고해도 이득 될 건 없습니다. 괜히 검열만 붙을 거구. 이것저것 해서 우린 둘 다 무사할 수 없습니다."

철우는 일부러 '둘 다'에 힘을 주어 말했다.

"왜 둘 다야. 난 그대로 보고하면 그만이야. 누굴 협박해?"

"솔직히 우리가 그걸 만들었습니까? 아니면 강 건너에서 가져왔습니까? 문제는 그게 아니지 않습니까? 뭐 다 아시면서. 그냥 좋은 쪽으로 해야지요."

흠! 영리한 놈이군. 장금석은 자기 생각과 일치한 철우가 마음에 들었다. 장금석은 철우에게 갖고 있던 USB를 내밀었다.

"이거 없애버려."

철우는 종만이가 준비한 봉투를 건넸다. 장금석은 봉투를 얼핏 들여다보았다. 적지 않은 달러였다. 하지만 여러 번 권해도 손사래를 쳤다. 욕심이 굴뚝같은 자가 뜻밖이었다. 철우는 그것이 왠지 찜찜했으나 어쨌거나 일이 무난하게 덮어지는 것 같아 가슴을 쓸어내렸다.

그런데 한동안 무사히 넘긴 줄만 알았던 일이 이제 와 터진 것이다. 세 개의 USB는 없애 버렸지만 종만이가 몰래 팔아 먹은 150개가 유포되면서 소문났고, 여단 보위부가 알게 된 것이다. 하지만 여단이 주둔한 도시는 인구가 25만 명이다. 3중대 구역은 도시 주민의 일부만 살고 있을 뿐이다. 그런데도 여단 보위부에 찍혔다. 중대 내에 여단과 내통하는 비밀 정보원이 따로 심어져 있다는 말이었다. 그렇다 해도 철우와 종만이 둘만 아는 비밀을 어떻게 알았을까. 철우 자신은 USB 얘기를 아무에게도 꺼낸 적 없었다. 혹시 대대 보위지도원 이자가 덮어버리기로 한 약속을 어기고 여단에 보고했나? 그것도 가당치 않았다. 그랬다면 죽일 기세로 일을 수습하라고 소리 질렀을 이유가 없었다. 아무리

봐도 종만이 쪽에서 말이 샜다. 주먹코를 벌름거리며 어디서 함부로 주절댔을 것 같았다.

철우는 앞에 앉은 종만이 주먹코를 한 방에 납작코로 만들고 싶은 충동을 애써 눌렀다.

"너, USB 얘길 어디서 했지?"

"없습니다. 아, 할 말이 따로 있지. 제가 왜 그런 얘길 합니까?"

"진짜야? 정말 안 했어?"

"아, 안 했다니까요? 미치지 않고야……."

"잘 생각해봐. 그래야 수습할 게 아냐, 인마."

"지도원 동지, 저 진짜 말한 적 없습니다. 죽자고 그런 얘길 했겠습니까."

안타까운지 항변에 가깝다. 기색을 보니 거짓말은 아닌 것 같다. 도대체 터진 구멍을 알아야 막을 게 아닌가. 한순간 떠오르는 생각이 있었다. 종만이 발설하지 않았다면, USB를 파는 과정에 말이 났을 수 있다.

"너 그 물건들 누구한테 맡겨 팔았어?"

"예? 그거야 저기 개엄마한테요."

"누구? 중대에 자주 오던 그 과부?"

"예."

개엄마란 늘 애완견을 안고 내 새끼, 내 새끼 하며 다닌다고 하여 붙여진 중대 옆에 사는 젊은 과부 별명이다. 불법 식당을 하는 개엄마를 모르면 간첩이다.

짚이는 데가 있다. 개엄마는 중대 군인들이 먹은 외상값 때문에 자주 들락거리곤 했다. 일명 개엄마 식당으로 불리는 과부네 집에 들락거리지 않는 군인이 없었다. 그런데 늘 보면 1소대 부소대장 윤호와 제일 접촉이 잦았다. 윤호, 왠지 믿는 구석이 있는 놈처럼 목이 뻣뻣한 데가 있었다.

"야, 종만이, 거기 부소대장 김윤호 말이야. 걔 어떤 애야?"

"윤호, 괜찮은 친굽니다. 가끔 제멋대로긴 한데, 그래도 소대 인원들과 잘 어울리고, 깍쟁이 안 부리고 팍팍 쓰지요."

"그래? 개엄마와는 어떤 사이고?"

"뭐, 그냥 좋고 좋은 사일 뿐입니다. 그렇다고 딴짓 하는 건 아니고. 히히히."

"야! 지금 웃어?"

철우는 주먹을 쳐들었다. 느닷없이 실실거리는 이런 바보가 어떻게 돼서 보위 사업을 맡았을까.

"멍청한 자식! 윤호와 개엄마 쪽을 확실히 알아봐."

철우의 예감은 틀리지 않았다. 종만은 개엄마를 통해 전혀 몰랐던 사실을 알게 됐다. 종만이가 개엄마에게 부탁한 USB는 장사꾼에게 도매가격으로 넘어갔다. 그런데 개엄마가 그중 한 개를 남겨 부소대장 윤호에게 생일선물로 준 것이다. 그만큼 둘 사이가 가까웠다. 동네 여인들조차 뒤에서 입을 삐죽거리며 수군대는 사이였다.

종만은 머리통을 감싸쥐었다. 젠장, 사달은 거기서 났구나. 이미 윤호가 『시황제의 나라』를 읽었다는 얘기다. 그럼 개엄마를 통해 물건 주인이 누군지도 알았을 것이다. 알고도 아무 기색도 내지 않은 것이다. 이제 알 것 같았다. 윤호는 여단 보위부가 중대에 심은 비밀 정보원이 분명했다. 단순 신고라면 소대나 중대 보위지도원에게 하는 것이 순서였다. 대대까지도 건너뛰어 여단에 알린 거라면, 그렇다면 종만은 눈앞이 아찔했다.

국경경비 여단 보위부 고수용 상좌는 비밀 정보원 윤호가 보내온 USB를 두고 생각이 착잡했다. 체제 보위를 맡은 입장에서 그냥 넘길 문제가 아닌 것은 맞지만 혐의자들이 보위지도원들이었다. 이 사건을 제기하면 여단 보위 사업 전반이 검토 대상이 될 것이다. 장성택 반당 사건 이후 보위 사업의 중요성이 더 두드러지게 강조되는 시국에 여단 예하 대대, 그것도 제일 문젯거리가 많이 발생하는 3중대 지역은 실제 지명이 대신 밀수촌으로 불릴

잔혹한 선물

정도다. 국가보위성 검열, 보위사령부 검열, 중앙당 검열 등 각종 검열에 늘 몸살을 앓는 지역이다. 주둔 부대를 교체하고 마을 주민 전체를 산골로 추방시킨 적도 있지만, 몇 달만 지나면 새로 교체된 군인들과 주민들이 또 이전 상황을 복원했다. 지리적으로 밀수하기 유리한 데다 국경을 사이에 둔 양국 주민들의 이해관계가 맞아 아무리 통제가 심해도 별 효력이 없었다.

하지만 지금처럼 혐의 인물이 보위지도원인 경우는 처음이었다. 그것도 불순 선전물 사건이었다. 그렇다고 무작정 덮고 가기도 난처하게 됐다. 윤호의 제보에 의하면 이미 많은 양의 USB가 시장에 유통된 상태였다. 어느 쪽에서 말이 나든 나게 생겼다. 만약 다른 쪽에서, 예컨대 국가보위성이나 인민보안성, 혹은 당 선에서 먼저 알게 되면 이 지역 국경경비대 보위 사업을 맡은 여단 보위부는 직격탄을 맞게 될 것이다. 경쟁 관계인 다른 선에서 먼저 포착한 사건을 여단 보위부가 모르고 있었다면 보위사령부가 대로할 것이다. 그 경우 총정치국이나 국방위원회 위임으로 국가보위부가 검열에 투입될 공산이 컸다. 경쟁 관계인 보위성은 이때다 하고 보위사령부 계통인 여단 보위부 사업 전반을 들쑤실 게 뻔했다. 그러면 이번 사건을 덮었다 해도 전말이 밝혀질 것이고, 보위지도원들이 연루된 거라면 누군가는 희생양이 돼야 한다.

"흠, 시끄럽겐 됐군."

고수영 상좌는 진퇴양난의 처지를 통감했다. 하지만 어느 쪽으로든 선택해야만 했다. 사건을 덮었다가 다치든 보고했다가 다치든 다치기는 매한가지다. 그럴 바엔 차라리 덮고 넘어가자. 여단 보위 사업에 구멍이 났다고 검열이 붙더라도 USB 유포 혐의자가 보위군관이라는 사실만은 숨겨지는 것이 유리하다. 검열 성원들은 처음부터 단순 밀수꾼에 의해 USB가 유입됐을 것으로 짐작할 것이다. 그러면 국경 통제를 소홀히 한 책임을 물어 화살이 소대장, 중대장, 대대장 등 행정 지휘관들을 향할 것이다. 운수가 좋으면 밀수와 비리 등 다른 문제들만 드러나고, 대신 USB 문제는 오리무중으로 마무리될 수 있다. 고수용 중좌는 요행수를 바랄 수밖에 없다고 생각했다.

고수용은 대대 보위지도원 장금석을 호출했다.

"그래, 그 USB인지 도깨빈지 하는 걸 알아봤나?"

"예, 알아보는 중입니다."

"짚이는 덴 있고?"

"3중대 보위지도원에게 지시를 주었습니다. 아마 각 소대 보위지도원들을 통해 단서를 쥘 수 있을 겁니다."

"3중대? 왜 하필 3중댄가?"

장금석은 바늘에 찔린 것처럼 흠칫 놀랐다. 앗! 내가 실수를. 고수용은 장금석의 낯빛이 한순간 굳어지는 것을 놓치지 않았다.

"그, 그거야 3중대 구역이 제일 살벌하지 않습니까?"

"음. 그렇긴 하지."

고수용은 문제를 덮으려고 결심한 이상 차라리 모른 척하는 것이 낫다고 생각했다.

"만약에 말이야. 3중대 쪽에서 뭐가 안 나오면 어떻게 할 생각인가? 다른 중대들을 새로 조사해? 그땐 시간이 너무 늦지 않을까? 3중대 쪽이 뒤숭숭하면 다른 중대들에 금방 전해질 거고, 혐의자들은 빠질 구멍 다 만들어놓을 텐데."

고수용은 주전자에서 물을 따라 꿀꺽꿀꺽 마시며 장금석을 응시했다.

"그럼 중대들마다 동시에 알아볼까요?"

"아, 그럴 필요는 없고."

고수용은 다시 물을 따라 들이켜며 뜸을 들였다.

"이젠 그만 알아봐도 되겠소."

"예? 그만두다니요?"

이건 또 무슨 소린가. 갑자기 그만두라니. 장금석은 이자가 도대체 무슨 생각을 하는지 어리둥절했다.

"거 알고 보니까 우리 관할 지역에서 생긴 문제가 아니더군. 다른 쪽에서도 터진 문제야. 이미 주민들 속에 그 소설이 많이 퍼진 상태야. 물론 그게 강을 건너온 위치가 그쪽 지역일 수도 있지. 모든 경우는 예상해야 하니까."

장금석은 고수용이 무얼 의도하는지 대뜸 짐작됐다. 문제를 덮고 어물쩍 넘어가자는 입장이다. 하지만 문제의 USB가 주민들 속에 이미 퍼져 있다는 사실은 처음 듣는다. 세 개밖에 없는 것으로 알았고 이미 없애버렸다. 그렇다면 다른 곳에서도 유입됐다는 말이 맞다. 차라리 잘됐다 싶다.

장금석은 고수용과 헤어지는 길로 철우를 만나러 3중대로 향했다.

"내 방금 여단에서 오는 길인데, 전번에 괜히 소릴 질러 미안하게 됐소. 여단에서도 뭘 따로 알고 그런 건 아니더군. 그리고 난 몰랐는데 지금 그 소설이 이미 사방에 쫙 퍼진 상태라더군. 우린 물건을 다 없애지 않았나. 다른 쪽에서도 같은 물건이 들어왔다는 소리지. 하긴 적들이 그 물건을 고작 세 개만 만들었을 리 없지. 그러니 괜히 긁어 부스럼 만들지 말고 이쯤해서 그만두오."

철우 역시 이 말에 놀랐다. 여단은 모든 걸 알고 있다. 부소대장 윤호가 가진 한 개의 USB는 분명 여단 보위부에 넘겨졌다. 종만의 말에 의하면 윤호의 사품들을 뒤져봤지만 USB를 찾지 못했다고 했다. 대체 여단 보위부는 무엇을 노리는 것일까.

"아닙니다. 사실 여단 보위부는 모든 걸 이미 알고 있습니다."

"여단에서 뭘 알고 있다는 건가?"

"우리 중대에 여단 보위부와 내통하는 놈이 있었습니다."

"그게 정말인가?"

"예. 딱히 증거는 없지만 모든 것을 미루어보아 그렇습니다."

"대체 누구야?"

이번엔 장금석이 놀랐다. 철우는 그동안 알게 된 자초지종을 죄다 설명했다.

"음. 일은 그렇게 됐군. 어쨌거나 여단에서 다 알면서 그러는 걸 보면 분명 우리와 생각이 같은 게 분명해."

밤늦게 집에 들어간 장금석은 중국산 고량주를 마시고 금세 꿈속에 빠져들었다. 군인들이 빼곡한 어느 장소다. 국방위원회 위임을 받은 보위성 검열단 성원들이 주석단에 앉아 있다. 책임자가 억양을 높여 검열 과정에 드러난 비행들을 열거한다. 발언이 끝나자 다른 사람이 연단에 나섰다.

"다음은 경애하는 김정은 동지의 영도 체계를 튼튼히 세우는 사업에서 자신의 본분을 망각하고 내외 불순분자들의 책동에 편승해 엄중한 죄과를 지은 자들을 폭로하겠습니다. 에에, 국경경비 여단 보위부 고수용! 3대대 보위지도원 장금석! 3대대 3중대 보위지도원 박철우! 3대대 3중대 1소대 보위지도원 방종만! …… 즉시 체포하시오."

장내가 술렁거린다. 보위소대 병사들이 순식간에 달려들어 금석의 손에 수갑을 채웠다. 금석이 자리에서 일어나려 했지만 사지가 말을 듣지 않았다. 머리를 쳐들고 뭐라고 항변하려 했으나 놀란 혀가 굳어져 말이 나가지 않았다.

"대가리 숙여!"

병사의 손이 뒷머리를 꽉 눌렀다.

"이자들은 당의 정치보위자로서의 본분을 망각하고 적들이 우리의 일심 단결을 파괴할 목적으로 들여보낸 반동 선전물을 적발 조치할 대신 오히려 유포시켰을 뿐 아니라 보고조차 하지 않고 어물쩍 덮었다가 이번 검열에서 그 진상이 밝혀졌습니다."

연단에서 저승사자 같은 목소리가 그냥 울려 나온다. 이제 남은 것은 처형뿐이다. 차라리 지금 죽자! 장금석은 있는 힘을 다해 앞 좌석 등받이에 머리를 찧었다.

"아악!"

비명이 자지러지게 터졌다. 장금석이 눈을 번쩍 떴다. 꿈이었다. 아내의 얼굴에 코피가 터져 베개 위에 뚝뚝 떨어졌다.

"여보, 여보, 괜찮아? 내가 꾸, 꿈을 꿨어."

그는 허둥지둥 아내를 돌려 눕히고 세숫물 뜨러 부엌에 달려 나갔다.

다음 날 장금석이 머리엔 어젯밤 꿈이 떠나질 않았다. 불길한

잔혹한 선물

징조였다. 아무래도 뭔가 께름했다. 멍청히 있다가 무슨 변을 당할지 몰라. 처음부터 곰곰이 생각하자. 이번 일과 난 아무 상관이 없어. 아무것도 모른 채 그 물건을 받았을 뿐이야. 무슨 내용이 있는지 전혀 몰랐다. 내가 유포시킨 것도 아니다. 모든 건 3중대에서 시작됐다. 박철우, 종만이, 그쪽에서 터진 일이야. 난 여단 보위부가 시키는 대로 박철우에게 사건 조사를 지시했을 뿐이다. 조사를 그만두게 한 것도 따지고 보면 여단 보위부 고수용이 아닌가. 난 아무 잘못이 없다. 설사 이번 일로 검열이 붙어도 나한테 드러날 건 뇌물죄뿐이다. 죽을죄는 아니야. 기껏해야 군복을 벗기겠지. 그러나 최고 존엄 훼손에 연루되면 죽는다. 장금석의 잔머리가 바람개비처럼 돌기 시작했다.

보위사령부 제1부(참모부) 부장 남기만 소장은 뜻밖의 정보를 입수했다. 압록강 상류 지역 국경경비 여단 예하 대대 보위지도원 장금석이 인편을 통해 보낸 편지를 받은 것이다.

남기만 소장은 편지 내용에 아연 실색했다. 근간에 국가보위부 쪽에서 USB에 은폐된 반체제 소설이 평양까지 유포돼 골머리를 앓는다는 얘기를 들었었다. 무슨 내용으로 만들었는지 궁금했지만 보지는 못했다. 국가보위부 친구들에게 부탁했지만 아직 현물을 확보하지 못했다고 했다. 비밀정보원들로부터도 『시황제의 나라』라는 소설이 유포되고 있다는 보고가 들어왔지만 그들도 현물은 확보하지 못했다는 것이었다.

그런데 뜻밖에 생각지도 못한 정보가 저절로 굴러 들어온 것이다. 발단이 국경경비대에 있었다. 그것도 보위군관의 손에서 유포된 것이다. 더 한심한 것은 그것을 덮느라고 각급 보위군관들이 암암리에 결탁하고 있었다.

소설 내용이 엄중한 것은 더 말할 것도 없었다. 장금석이 보내온 편지에는 소설의 목차와 등장 인물이 기재되고 자기 나름의 해석도 덧붙여 있었다. 거기에 장금석이 덧붙인 해석만 없었다면 반동 소설인지 무슨 소설인지 가늠하기 어려웠을 것이다.

남기만 소장은 소설『시황제의 나라』의 목차와 등장인물 소개가 적힌 편지를 호기심 짙은 눈길로 읽었다.

……제가 본 바대로 소설의 목차를 적으면 다음과 같습니다.

[목차]

1. 하바롭스크의 비화

2. 역사는 아름다운 것만 기억해야 해

3. 김정(시황제)의 천하

4. 어린 녀석이 적합해

5. 간특한 무리

6. 조선의 아방궁

7. 토사구팽

9. 최 이사의 비극

10. 김자영의 3일 천하

11. 남국의 고민

12. 민심이 천심

다음은 등장인물입니다. 앞에서 말씀드린 바대로 제가 짧은 생각으로 USB를 없애버렸기 때문에 등장인물 이름만 보고는 소설의 정체를 정확히 알 수 없습니다. 그래서 개인적인 해석을 덧붙여 이해하시는 데 도움을 드리고자 했습니다. 등장인물의 '='표 뒷부분은 제가 소설에서 파악한 등장인물 해석입니다.

[주요 등장인물]

김자초=김일성

김여불위=김책

김무희=김정숙

김정(진시황)=김정일

김부소=김정남

황조고=황병서

최이사=최용해

김호해=김정은

장몽염=장성택

김자영=김정철

대체로 존귀한 백두혈통 일가와 항일혁명투사들, 당과 정부
의 주요 간부들을 중국 역사서의 인물에 빗댄 것을 알 수 있었습
니다. 저의 짧은 생각으로 증거물인 USB를 없애는 실수를 하였
습니다. 하지만 여단 보위부 고수용 중좌의 손에 비밀 정보원이
증거물로 제출한 것이 한 개 있습니다. ……

하아, 그렇단 말이지. 남기만 소장은 흡족한 마음으로 손가락
을 딱딱 꺾어 소리를 냈다. 다행히 체면 한번 세우게 됐군. 그는
즉시 제2부(수사부)에 협조를 요구했다.

보위사령부 제2부 부장은 직접 국경경비 여단 보위부 고수용
에게 전화를 걸었다. 문제의 USB를 손에 넣고도 보고하지 않은
이유가 뭔가고 따졌다. 고수용은 무방비 상태에서 뒤통수를 얻어
맞은 격이었다. 얼떨결에 좀 더 구체적으로 알아보고 보고하려
했다는 변명밖에 할 수 없었다.

어떻게 보위사령부에 알려졌을까? 분명 이 일을 알고 있는 놈의 작간이다. 그게 어느 놈일까? 장금석이가? 하지만 그는 내가 USB 한 개를 가지고 있다는 사실을 모른다. 아는 것은 비밀정보원 윤호뿐이다. 그렇다면 윤호가? 믿어지지 않았다. 일개 부소대장에 불과한 녀석이 무슨 줄을 타고? 고수용은 머리를 싸쥐고 생각을 굴렸다.

제1부 부장 남기만은 제2부에 협조를 요구한 USB를 목마르게 기다렸으나 제2부 부장은 무슨 핑계가 그리 많은지 질질 끌다가 한 주일이 다 돼서야 가져왔다. 멀리 국경에서 오는 도중 자동차가 고장 났다느니, 호송병이 몸살로 병원에 들러 치료를 받았다느니 했지만 눈이 충혈되고 얼굴에 피곤이 잔뜩 서려 있는 것을 보니 거짓말이 분명했다. 밤마다『시황제의 나라』를 읽느라고 시간을 끌었을 것이다. 하지만 남기만은 모른 척하고 아무 내색도 하지 않았다.

남기만은 사무실 컴퓨터에 USB를 삽입하고 전원을 켰다. 부팅이 되자 화면에 꽃송이가 나타나고 '꽃을 클릭하십시오. 사랑의 선물입니다'라는 안내문이 떴다. 클릭했다. 남기만은 침을 꿀꺽 삼켰다.

첫머리는『시황제의 나라』에 대해 소개하고 있었다.

……기원전 중국에 존재했던 진나라의 흥망성쇠, 뛰어난 무용담과 신의와 배신을 넘나드는 극적인 이야기들, 그것이 이 나라에 주는 의미는 무엇일까. 이 소설은…….

소개문이 끝난 뒤에 소설 페이지가 모니터를 채웠다. 그중 한 대목에 눈길을 멈췄다.

소련은 38선 이북에 공산 정권을 세우려 했다. 처음엔 적임자로 박헌영, 현준혁 등 공산당 거물들과 조만식 등 명망 있는 민족주의 운동자들을 점찍었다. 그러나 그들은 북쪽만의 정부를 세우는 것에 반대했다. 영구 분단을 초래할 수 있다는 이유였다. 소련은 고분고분한 인물을 찾아야 했다. 그 카드가 김자초였다. 일제가 항복했음에도 아직 김자초는 소련에 발이 묶여 있었다. 소련은 대일전쟁에 88국제여단을 참가시키면서 김자초를 작전에 투입시키지 않았다. 소련군 사령부는 88국제여단 군인들을 주로 소련군 통역관으로 파견했고, 그 외 척후정찰, 습격전투 등에 활용했다. 김자초 대대는 하바롭스크 기지에서 출동 명령만 기다리다 일본이 조기 항복하는 바람에 총 한 방 쏘아보지 못하고 광복을 맞게 되었다. 김자초를 작전에 투입하지 않은 것은 소련의 의도였다. 일제의 패망이 목전에 남은 실정에서 스탈린에

잔혹한 선물

게 충성스러운 인물인 김자초의 존재가 해방된 조선의 공산화를 위해 필요했던 것이다.

북조선을 위성국으로 만드는 데 그보다 더 적합한 인물이 없다고 판단한 소련은 김자초를 군함에 태워 원산항으로 귀국시켰다. 김무희도 아들을 데리고 함께 왔다. 소련군정은 10월 14일 평양공설운동장에서 김자초를 조선의 영웅으로 추켜세우고 개선 연설을 시켰다. 김자초를 필두로 한 빨치산 출신들의 서열이 재정립되기 시작했다. 김자초보다 혁명 경력이 길고 직위도 높았던 김여불위, 최용건, 안길, 최현 등도 김자초를 내세우는 데 협조했다. 특히 빨치산들에게 절대적인 권위를 가지고 있던 김여불위가 김자초 옹립에 누구보다 앞장섰다. 최현도 김자초를 위해서라면 눈에 뵈는 것이 없을 정도였는데 지나친 열성이 오히려 말썽이 되어 김여불위에게 혼난 적도 있었다. 김여불위는 김정의 장래를 위해서였고, 최현은 김자초 시대에 반하는 어떤 시도도 무의미한 시대가 왔음을 확신하고 친형제 같은 우정을 지키려 했다.

남기만은 그만 모니터에서 눈을 뗐다. 이것이 스텔스 USB라는 물건인가? 아래 동네(남한)로 도망간 탈북자들이 우리 검열망을 회피할 수단으로 만든다더니 사실이었군. 대체 어떤 자가 생각해냈을까. 이 엄청난 사건을 어찌해야 하는가. 내용은 최고 존엄 훼손 정도가 아닌 테러 수준이다. 김정은이 알게 되는 날엔 무슨 벼락이 떨어질지 모른다. 차라리 보고하지 않는 편이 나을지도 모른다. 하지만 무턱대고 덮을 수도 없다. 보위사령부와 무관하게 국가보위부가 이미 수사에 착수한 상태다. 사건이 국경경비대 소행으로 밝혀지면 보위사령부는 무사치 못할 것이다. 그렇다면 빨리 선손을 써야 한다, 선손을…….

남기만은 벽에 걸린 김일성, 김정일 초상화를 턱을 고이고 한참 멍하니 응시했다. 느닷없이 저것이 실제 인물 사진이었나, 그림이었나 하는 생각이 드는 것이 우스웠다.

그날 밤, 남기만 소장과 제2부 부장은 고려호텔에서 양주를 마셔댔다. 취기가 오르자 남기만 소장이 바람이나 쐬자고 해 대동강가로 나갔다. 그날 두 사람 사이에 무슨 이야기가 오갔는지는 유보도의 늙은 버드나무만 알았다.

윤호와 개엄마가 침대 위에 알몸으로 뒹굴고 있었다. 밀수를 한탕 끝내고 나면 개엄마의 하얀 몸뚱이가 윤호의 것이 된다. 방 한쪽에 금방 밀수해 들인 중국 상품이 쌓인 채로였다.

그때 별안간 문 두드리는 소리가 났다.

"문 열라!"

미처 팬티를 입을 새도 없이 문짝이 부서지며 총 든 인민보안원(경찰)들이 뛰어들었다.

"이 더러운 것들, 냉큼 옷 입어. 축하 파티를 아주 제대로 하고 있군."

허겁지겁 옷을 챙겨 입자 개엄마의 손에 수갑이 철컥 채워졌다. 윤호에게도 채우려 하자 "뭐야, 이건. 나 군대야. 돌지 않았어, 이 새끼들." 하며 반항했다. 하지만 "뭐? 이 새끼, 군대면 다야?" 하며 젊은 보안원이 윤호의 복부를 가격했다. 윤호가 나동그라졌다.

"야, 인마, 넌 현행범이야. 밀수방조죄에다 동네 과부와 릴리리꼴리리 해?"

그러나 이성을 잃은 윤호가 후다닥 일어나 옆에 놓아둔 자동총을 꼬나들었다.

"이 새끼들이 군댈 때려? 다 죽여버리갔어!"

절컥! 격발기가 당겨지며 싯누런 총알이 재워지는 것이 보였다. 방아쇠에 손가락이 걸리는 순간 땅! 총성이 울렸다. 윤호가 잘린 나무처럼 쓰러졌다. 보안원의 총탄이 먼저 발사된 것이다.

이 일은 고수용이 인민보안부와 짜고 벌인 일이었다. 그는 여단 보위부 스파이 윤호를 제거해야만 USB 유포에 보위부원이 관여했다는 사실을 숨길 수 있다는 타산으로 인민보안서 간부와 짰

다. 밀수꾼 개엄마를 체포한다는 핑계로 윤호를 제거하자는 것이었다. 아무리 군인이라도 사민과 결탁해 밀수 행위를 한 범죄가 현장에서 적발되면 빠지기 어렵다는 점을 타산했다. 이 경우 경무부(헌병)가 군인 범죄자 인도를 요구해도 현행범인 만큼 보안서가 버티면 그만이었다. 군대와 항시 알력 관계인 보안서가 실적을 올릴 기회를 스스로 포기할 리 없다. 윤호는 밀수방조죄와 치정 관계로 군복을 벗고 교화소(교도소)에 보내질 것이다. 하지만 죽이기까지 하게 될 줄은 몰랐다. 손수 기르던 사냥개 한 마리가 죽은 것은 안쓰러웠지만 차라리 잘 됐다 싶었다.

윤호의 죽음에 더욱 놀란 것은 장금석과 철우와 종만이었다. 그러나 철우와 종만이는 그것이 다행스러웠다. 수사가 좁혀오면 모든 죄를 죽은 자들에게 덮어씌우면 되었다. 애당초 USB를 입수한 것도 그것을 유포시킨 것도 두 연놈의 작간으로 보인다고 증언해버리면 될 것이었다. 윤호한테 선물받은 USB에 처음엔 아무 내용도 없었다고, 한참 지나서 불현듯 『시황제의 나라』가 생성된 것을 발견했고, 그래서 윤호와 개엄마를 추적 중이었다고 우기면 욕은 먹겠지만 큰 화는 면할 수 있었다.

다만 한 가지 께름한 것은 개엄마였다. 만약 보안서 취조 과정에 소대 보위지도원 종만이한테 USB를 넘겨받아 팔아준 사실을 불면 끝장이었다.

하지만 그 문제도 저절로 풀렸다. 개엄마가 감옥에서 머리핀으로 손목 동맥을 찔러 자살하고 말았다. 워낙 독종으로 소문난 개엄마는 취조 과정에 젊은 여성들을 중국에 팔아먹은 인신매매죄가 드러나자 사형을 면할 수 없다는 것을 깨닫고 스스로 목숨을 끊어버렸다.

장금석의 입장은 달랐다. 그는 여단 보위부장을 배신하고 보위사령부에 투서를 보낸 처지였다. 윤호와 개엄마의 존재가 사라진 만큼 보위 사업 관례상 거꾸로 역풍을 맞을 수 있었다. 철우와 종만이는 직접 USB를 유포한 적 없고 거기에 무슨 내용이 들어 있는지도 모르다가 나중에야 발견했다. 그건 자기도 같다. 게다가 철우를 불러놓고 그것을 덮으라고 시켰다. 여단 보위부장 고수용도 덮으려는 속내가 뻔했지만 단정적인 증거는 없다. 그렇게 되면 보위사령부는 상관을 음해할 목적으로 투서를 보냈다고 몰아댈 것이다. 장금석은 비로소 잔머리를 굴리다 스스로 함정을 팠음을 깨달았다.

며칠 후 장금석은 밤중에 들이닥친 보위소대 병사들에게 돼지처럼 결박된 채 야전차에 실려 보위사령부로 압송되었다.

이 소식은 철우와 종만이를 공포에 빠뜨렸다. 장금석이 잡혀갔다면 다음 순서는 자기들이다. 갑작스런 체포 이유가 석연치 않지만 USB 유포 관련이라면 사건의 시작점에 있는 중대 보위지도원과 소대 보위지도원이 무사할 리 없었다. 장금석과 함께 사건을 덮으려 한 죄를 피할 수 없게 됐다.

이제 어느 순간 호출이 있을지, 아니면 장금석이처럼 묶여 갈지 모른다. 철우는 그대로 당하든가 아니면 국경 너머 탈출하는 길밖에 없음을 직감했다. 그렇다고 압록강 건너에 안전이 약속된 것도 아니지만 선택의 여지는 없었다. 1초가 새로웠다.

철우는 은닉해두었던 달러와 위안화를 몸에 지녔다. 만약을 예견해 권총도 겨드랑이에 넣었다.

이후 철우의 실종이 기정 사실로 확인되기까지 3일이 걸렸다. 하지만 어디서 죽었는지, 혹은 중국으로 튀었는지 아는 이가 없었다. 단 한 사람 종만이만은 철우가 죽었다고 생각지 않았다. 강을 건넜을 게 뻔했다. 종만은 철우가 무사하기를 빌었다. 그가 무사해야 자기가 USB 사건에서 빠질 수 있었다.

철우만 없으면 USB 유포 사건이 자기한테서 시작되었다는 사실을 아무도 모른다. 이미 스파이 윤호와 USB를 팔아준 개엄마는 죽었다. 장금석이 잡혀간 이유는 뜻밖에도 USB와 무관했다. 처형된 반당분자 장성택과 먼 친척이고 비리에 연루된 정황이 드러난 것이었다. 장성택 처형이 언젠데 이제야 밝혀졌을까 하는 의문이 들었지만, 어쨌건 장금석의 입을 걱정할 필요는 없어 보였다.

그러나 철우가 살아서 잡혀 오면 끝장이었다. 종만은 매일 안절부절못하고 시간을 보냈다. 밤에 도둑고양이처럼 점쟁이 노파에게 들락거린다는 소문이 솔솔 떠돌았다. 그 덕에 액막이가 잘됐는지 시간이 가도 철우가 어떻게 되었다는 소식은 더 없었다. 약간 멍청한 면이 있어도 운은 좋은 작자였다.

남기만 소장은 열차에서 녹음된 승객들의 대화를 검토했다. 혹시라도 스텔스 USB 얘기가 있을까 했지만 없다. 보위성이 수사를 포기한 만큼 한물 지나간 뒤라 좀 잠잠해질 때도 되지 않았나 싶다. 승객들이 중구난방 떠드는 얘기는 처형된 인민무력부장 현영철에 관한 것이었다. 신문 방송이 전하지 않은 소식이 삽시에 전국에 퍼져가고 있는 것이다.

"왜 쐈대요?"

"회의장에서 졸았다나."

"모를 소리, 기깟 졸았다고 총살하는 법 어디 있나?"

"1호 행사하는데 주석단에 앉아 졸았다지 않아요?"

"기래요? 히야, 거 무시무시하구만."

"기런 정도면 윗대가리들 숨두 못 쉬갔다야."

"거럼. 기래두 대신 간신들이 더 많이 생길 기야. 욕먹을 건 숨기구, 거짓부렁만 냅다 치문서 만세만 부를 꺼 아니가?"

"듣기 좋은 보고만 하갔디. 잘못 했단 짧은 혀 땜에 아예 4신 고사총이 뚜루룩……."

"기니까 말인데 김정은 동지레 현실 같은 거 어케 알간? 막말로 눈뜬 소경, 귀머거리 되는 거디."

남기만 소장은 더 듣기 거북해 스위치를 꺼버렸다. 마음속 깊은 곳에 뭐라 꼭 찍어 표현 못 할 느낌이 스멀스멀 기어 다녔다.

잔혹한 선물

타자의 발견, 공감과 소통을 넘어

한 원 균

1.

2018년은 역사적으로 매우 중요하게 기록될 듯하다. 오랫동안의 냉전적 사고를 전환하려는 시도가 판문점에서 이루어진 것이다. 남북 정상 간의 대화가 산적한 문제와 갈등을 일시에 봉합하거나 해결하리라 생각하지는 않지만 갈등과 군사적 대결 구도를 완화하는 데 기여할 것이라는 기대감은 가져볼 수 있을 것이다. 지난 세기 이념적 대립으로부터 파생된 수많은 문제는 경직된 분단 이데올로기로 고착되어 모두에게 상처를 주었고 때로는 정치적으로 악용되기도 하였으며 인권 유린의 단초를 제공하기도 했다. 통일에 대한 요구나 필요성에 대한 의식이 점점 약화되는 시점에서 전

개되고 있는 최근의 정치적 환경이 향후 한반도의 미래를 어떻게 설계할지 궁금하지 않을 수 없다.

여러 관점이나 논란에도 불구하고 분단 상황은 극복되어야 하지만 당위적인 요구나 낭만적 환상 등은 역시 경계의 대상이기도 하다. 분단에 대한 문학적 접근법의 경우 조금 복잡하고 역사적인 상황을 감안할 필요가 있다. 한국전쟁으로 인해 야기된 고통을 드러내거나 그 극복 방식의 다양성을 제시하는 것은 분단문학의 존립 근거였고 분단 상황에 대한 인식으로부터 시작하여 원인에 대한 분석과 대안 모색은 지금까지 저버릴 수 없는 과제로 남아 있는 것이 사실이다. 탈냉전의 구도를 형성하기 시작한 21세기 이후 분단문학은 새로운 접근법을 요구해왔는데 그 가운데 하나가 바로 탈북문학이다. 탈북자문학, 혹은 탈북문학은 정치, 경제적인 이유로 북한을 이탈한 사람들의 삶을 관찰하고 취재한 결과를 바탕으로 한다. 남한 내에 존재하는 자체적인 모순에 대한 극복과 한반도에 드리워진 분단 상황의 극복이라는 과제는 우선 순위와 방법론에 있어서 상당한 논쟁거리로 작용했으며 분단 문학을 형성하는 현실인식의 토대가 되기도 했다. 하지만 1990년대 이후 본격적으로 소개된 탈북문학은 기존의 논쟁과 관점에 대한 새로운 접근법을 요구하게 된다. 상처와 고통으로 점철된 이념적 차이만을 강조하는 것이 아니라 북한 사회에서 형성된 삶의 방식과 생활 의식에 대한 구체적 제시를 통해 '그들을' 이해하는 계기를 마련했다는 의미가 있다. 차이에 대한 이해를 넘어 차이를 통한 자기이해라는 타자의 이해, 그들의 삶을 타자성으로 수용하고 포용하는 단서가 제공된 것이다. 탈북문학이 제2의 분단문학으로서 위상을 정립했다는 점은 분단문학사의 중요한 이정표를 세운 것으로 보인다. 이와 같은 새로움의 근거를 제시한 노력 가운데 하나가 북한의 삶을 있는 그대로 보여주면서 경험의 구체성을 통한 비판적 시각의 제시와 이해의 수준을 높여준 도명학의 소설집『잔혹한 선물』이다.

2.

최근 도명학의 소설은 바로 생활의 층위에서 비롯된 새로움을 보여주는데 이를 두고 '구체성의 발견', 혹은 '제2의 고발문학'이라 부를 수 있을 것이다. 남한 작가에 의한 탈북문학도 분단 상황을 이해하는 중요한 단서를 제공하였고 21세기 이후 남북한을 이해하기 위한 문학적 접점을 모색하는 데 유용했지만, 북한 사람들의 일상을 좀 더 생생하게 담아내지 못했다는 약점도 지니고 있었다. 일종의 리얼리티의 부재가 그것이다. 도명학의 소설이 갖는 힘은 이 같은 리얼리티의 복원 혹은 일상의 발견이라고 볼 수 있는데, 북한에서 활동했던 작가의 관점에서 다루어진 북한의 삶은 새로움의 근거가 될 뿐 아니라 구체성을 바탕으로 성립된 고발문학의 성취를 함께 보여주고 있다.

공동농장에서 이루어지는 참혹한 현장을 고발하고 있는 작품이 있다. '소 대신 사람이 끄는 인가대기'로 밭을 가는 삶을 통해 전망이 없는 북한 사회의 어두운 그림자가 충격적으로 드러난다.

> 농기계작업소에서 보낸 뜨락또르는 딱 하루 1작업반 포전만 갈아주고 가버렸다. 리 소재지인 1작업반은 관리위원회 간부들이 사는 동네다. 비료도 거기가 먼저, 농기계도 거기가 먼저, 뭐든 우선권이다. 1작업반엔 아직 소도 몇 마리 있다. 적어도 용우네 4작업반처럼 사람이 가대기를 끌진 않는다. 용우네 작업반은 인력도 변변치 않다. 리에 과부가 많아 과부촌이라고 불릴 정도다. 그중에도 용우네 동네는 더하다. 주민의 90프로가 평양에서 추방된 사람들이다. 남편들이 잡혀가거나 처형되고 연좌제로 이 산간 오지에 쫓겨 왔다.
>
> ―「꼬리 없는 소」에서

열악한 작업 환경은 간부들로부터 차별대우로 인해 더욱 고통스러워지고 기본적인 장비의 부족은 물론 사람이 '가대기'를 끌어서 작업을 해야만 하는 참혹한 현장이 그려진다. 평양에서 쫓겨난 사람들로 이루어진 강제노동의 현장을 사실적으로 보여주고 있는 이 작품은 지금까지 탈북문학에서 접하기 힘든 리얼리티를 제공하고 있으며 문학적 허구라고 보기엔 매우 충격적인 장면을 보여준다. 당원이 되기 위해 힘든 시간을 참고 견뎌왔지만 과거 김정일이 다녀간 부대의 물자를 도둑질한 일이 발각되었고 마을 당위원 장에게 제공할 뇌물마저 갖지 못한 상황에서 당원의 꿈은 헛된 망상에 지나지 않는다는 점을 깨닫는다. 자신들을 감시하는 보안원들조차 이미 뇌물 받기의 타성에 젖어 있는 상황에서 그와 동료들은 더 이상 그들이 무섭지 않게 된다.

「정 아바이네 집」은 먹을 것이 없는 조카의 딸을 살리기 위해 보육원에 입양을 보내는 이야기이다. 화자에 의해 관찰된 정 아바이는 연변에 살다가 문화혁명 이후 북한으로 넘어와 살게 된 사람이지만 이를 평생 후회하고 있다. 조선인으로서 조선에 들어가 살아야 하는 것이 옳다는 가족의 주장과 천리마운동 시절 북한의 생활이 중국보다 조금 나았던 것도 이유였다. 하지만 북한의 생활은 점차 빈곤해지고 결국 극심한 생존의 고통에 시달리는 상황에 이르게 된 것이다. 어린 조카가 아이를 데리고 들어왔지만 아기를 보육원으로 보낼 수밖에 없는 비정한 현실 역시 북한 사회를 그대로 보여주고 있다.

중국의 문화혁명과 북한의 천리마운동이 한창이던 1970년대부터 현재에 이르는 기간 동안 북한 사회의 가장 문제적인 현장에 존재했던 정 아바이의 삶을 통해 북한 사회에 만연한 빈곤과 열악성을 보여주는 이 작품의 핵심은, 아이를 보육원 뜰에 내려놓는 일을 주도한 화자 자신이 스스로를 '좋은 사람'이라고 역설적으로 자책하는 모습이다.

　"형님, 어디 가요?"
　뒤에서 현수가 불렀지만 못 들은 척 내처 걸음을 옮겼다. 휘청
휘청 발 가는 대로 가다가 머리를 젖히고 하하하 정신병자처럼
웃어댔다.
　"난 좋은 사람이야."
　공중에서 내 행실을 낱낱이 본 둥근달이 이죽거렸다. 와락 몸
을 솟구쳐 한 대 쥐어박고 싶어졌다.
　　　　　　　　　　　　　　　　　　　—「정 아바이네 집」에서

　어린 조카가 낳은 아기의 양육을 고민하는 정 아바이를 대신하
여 아이를 강제로 보육원에 내다 버리고 돌아서는 마지막 장면에
이 작품의 백미가 놓여 있다.

　남한의 언론에 보도된 정치범 수용소라는 곳이 실제로 존재하
는지 혹은 존재한다면 그곳에서는 어떤 상황이 벌어지고 있는지
에 대한 관심이 높아지고 있다. 이는 정치적 입장을 떠나 보편적
인권의 문제에서 바라봐야 할 듯하다. 사회문화적 환경이 동일하
게 발전하거나 균질적으로 평가되어야 하는 것은 아니지만 적어
도 분단을 극복하는 과정에서 이루어지는 모든 담론과 분단 상황
의 해소를 위한 논의에서 인간의 기본권에 대한 상호 이해는 반드

시 필요한 것으로 판단된다.

「생일」은 탈북하다 검거되어 정치범 수용소에 아들과 함께 구금된 박 영감의 상황을 그리고 있다. 점심식사로 나온 옥수수밥을 아들 몫까지 아버지에게 먹어버리게 하고, 다시 아들에게 그 아버지를 때리게 하는 간수들의 농간을 통해서 인륜마저 저버리게 하는 비인간적인 정치범 수용소의 실상이 적나라하게 드러나고 있다.

역설적 상황의 전개를 통해 한 노동자의 참담한 삶의 현장을 보여준 작품이 있다. 동업으로 힘겹게 얻게 된 구루마 운행이라는 일자리를 잃게 되는 과정을 통해 북한 사회의 구조적 문제점과 열악한 사회환경을 이 소설은 사실적으로 제시하고 있다. 어느 날 운이 좋게 돈을 많이 받을 수 있을 일거리를 잡았지만 보위부에 강제로 끌려가 시체를 치우는 일을 하고 나서 대가로 받은 고급 담배마저 소매치기 당하고 난 후, 저녁으로 마신 술에 취해 잠드는 바람에 구루마마저 도난당하는 이야기는 현진건의 「운수 좋은 날」을 연상시키지만 그보다는 훨씬 깊은 비애를 가져온다. 술에 취해 사회주의를 찬양하는 노래를 부르다 잠드는 창수의 모습과 깨어보니 구루마가 사라진 상황을 작가는 이렇게 그려놓고 있다.

그러거나 말거나 창수는 노래를 불렀다.

우리 당이 제일이요 사회주의 제일일세.

붉은 기 높이 들고 사회주의 지키세.

   (…) 술 취한 쇠새끼가 덜덜 떨며 깨어났을 땐 몸이 구루마 위가 아닌 콘크리트 바닥이었다. 누군가가 구루마를 훔쳐간 뒤였다. 하늘에선 새벽별이 깜빡이고 창수는 얼음판에 자빠진 소처럼 휑한 눈을 껌뻑거렸다.

—「재수 없는 날」에서

   사회주의를 지키는 일보다 자신의 구루마를 보존하는 일이 더욱 중요한 상황을 역설적이지만 참담하게 그려낸 수작(秀作)에서, 작가는 사적 소유에 대한 개념이 형성되고 사회주의 체제에 대한 광범위한 의심이 발생하고 있다는 현실적인 정황 증거를 잘 보여주고 있다.

   「책 도둑」은 생활고를 이기지 못하여 남편의 책을 팔아버린 아내의 이야기를 통해 북한에서 작가로 살아간다는 일의 어려움과 고통을 잘 그려낸 작품이다. 책을 좋아하는 작가연맹 위원장이 어느 날 집에 있는 모든 책을 도난당하여 시름에 빠져 있었지만, 실상 책을 팔아버린 사람은 다름 아닌 자신의 아내였다는 점을 알아내고 또다시 절망하는 이야기는, 작가로 살아가는 일의 고통과 현실적 어려움이 남한 사회와 본질적인 면에서 크게 다르지 않다는

잔혹한 선물

점을 발견하게 한다. 북한에서도 작가는 '돈키호테' 취급을 받는다
는 사실과 "낭만에 홀려 글쟁이와 결혼"한다면 "그 값을 톡톡히 치
를 수밖에" 없는 현실에 어떤 동질감을 발견하는데, 이 소설집 전
체에서 거의 유일한 경험이었다는 사실 또한 매우 흥미로운 대목
이 아닐 수 없다.

　　철길 공사에 동원된 '돌격대원'들의 고통스러운 삶의 현장을
그린 표제작 「잔혹한 선물」은 최고 사령관의 존재가 모든 사회적
이고 일상적인 삶에 우위에 놓인다는 사실을 확인하게 하지만, 기
술적이고 합리적인 규칙은 무시되고 노동의 착취만을 강요하여
끝내는 한 인간을 죽음으로 내몰 수 있다는 점을 보여준다는 점에
서 충격적이다. 혹한의 작업환경에서 최고 사령관이 보내준 사과
몇 알은 "사랑의 선물"이었고 이를 빌미로 더욱 혹독한 작업을 시
행해야만 하는 현실을 벗어날 수 있는 길은 "꾀병"을 통해 작업 현
장을 모면하는 길 밖에는 없다는 진호의 진술을 통해 작가는 북한
사회의 부도덕성과 비합리성을 냉소적으로 그리고자 한다.

　　말하자면 오늘 같은 경우엔 꾀병을 부리든 어쩌든 핑계를 대
고 빠지는 게 낫단 말이야. 많든 적든 일단 사랑의 선물이라고
이름 붙은 걸 먹으면 그 값을 몇 갑절 해야 되거든. 글쎄 먹어 없
어지지 않는 옷이나 물건 같은 거라면 받는 게 낫지. 나중에 장

마당에 내다 팔아도 돈이 되니까. 근데 아까 화구 당번이 말하는 걸 들으니 오늘은 과일 먹었다면서? 음, 그랬군. 덜덜 떨며 한입씩 뜯어 먹는 걸 사진 찍어 간수했다 이담에 보면 참 재밌겠는데. 흐흐. 생각만 해도 웃긴다. 그래 그거 몇 입 뜯어 먹고 야간작업 하니 기분이 어때?

— 「잔혹한 선물」에서

혹독한 야간 작업을 피하고 배가 아프다는 핑계를 대고 숙소에서 쉬고 난 진호의 이 같은 언급은 소위 최고 존엄에 대한 중요한 도전 행위임에도 불구하고 또 다른 편법 역시 만연하고 있다는 사실을 보여주고 있어 북한 사회의 이중성을 그대로 드러내고 있다. 결국 "사과 몇 조각 뜯어먹고 입맛을 다시던 꼬맹이" 용일이의 참혹한 죽음은 이성적인 판단과 합리적인 규율이 상실된 노동의 현장에 대한 고발이 아닐 수 없다.

한편, "2천 년 전 중국 이야기를 현대 북조선 최고 지도부에 적용한 반동 소설"이 담긴 USB의 출처를 파악하는 과정에서 북한 사회 엘리트층의 음모가 어떻게 드러나는지 보여주는 일(「시황제의 나라」) 또한, 권력의 자기 유지 욕망은 결국 체제의 허약성만을 노출하는 과정이라는 점을 극명하게 고발하고 있다.

잔혹한 선물

3.

　북한에서 이탈한 사람을 '탈북자', '탈북민', '탈북난민', '탈북주민', '북한이탈주민' 등으로 부르고 있지만 '탈북자(the defectors from the North)'라고 명명하는 것이 일반적인데(한원균, 「탈북자 문제의 소설사회학」, 2006), 이들 가운데에는 북한의 삶을 문학적 관점에서 재구성하려는 작가들도 포함된다. 도명학은 북한에서 작가연맹 소속으로 작품 활동을 해오다가 탈북하여 2006년 남한에 정착하게 되는데, 지금까지 탈북문학을 형성해온 패러다임은 그의 이 같은 경력과 경험에 비추어봤을 때 새롭게 정립될 필요가 있다. 남한에서 창작되고 형성된 탈북문학이라는 개념과 정의가 달라질 수 있다는 점이다. 다시 말해 북한 사회를 직접 경험한 작가들에 의해 재구성된 리얼리티와 현실성은 생활의 발견, 타자성의 발견으로 명명될 수 있기 때문이다. 남한 작가들에 의한 채증과 증언의 문학이 '그들의 삶'에 대한 호기심과 분단 극복의 당위성을 강조하고 있다면 북한에서 살았던 작가에 의해 그려진 삶은 충격적인 모습으로 다가오지만, 궁극적으로는 상호 이해의 폭을 넓히고 심화하는 계기로 작용할 수 있기 때문이다. 타자는 고립무원의 저쪽에 홀로 던져진 타인이 아니라, '나' 자신을 성찰하고 되돌아보게 하는 타자성으로의 '나'를 가리킨다는 점에서 '그들의 삶'은 더 이상 '나'와 무관한 대상이 아니라, '나'의 일부로 작용하는 타자성으로 인식할 필요가 있다. 분단의 극복은 생활 속에 존재하는 무수한 타자들의 이해를 통해 공감하고 소통의 기회를 늘려갈 때 가능할 것이다. 도명학의 소설을 통해 우리는 이제 조금씩 그 기회와 폭을 넓혀갈 수 있다는 사실을 깨닫게 된다.

韓元均 | 문학평론가 · 한국교통대학교 한국어문학과 교수

잔혹한 선물

도명학 소설집